小学館文庫

銀座「四宝堂」文房具店Ⅱ

上田健次

小学館

CONTENTS

GINZA SIHODO BUNBOGUTEN

単語帳

「私に本を出さないかって話があるんだけど」

夕飯が始まって早々に妻が切り出した。

「へぇ、そう」

自分の声にハッとした。もう少し喜んでやればいいのに、と。

「市の広報紙に寄稿した記事を読んだ編集者から連絡があったの、『食育をテーマに書いてみませんか』って」

どうやら自分で思ったほど、冷たい返事だとは思われなかったみたいだ。普段から「ああ」や「うん」ぐらいしか相槌《あいづち》を打っていなかったから特に気にならなかったのかもしれない。心の中でそっと溜《た》め息《いき》をついた。

妻は保育園で栄養士兼調理師として長らく働いており、数年前から市長が始めた「給食改革委員会」の委員としても積極的に活動している。さらに最近では市議会議員選挙に立候補しないかと熱心に誘う人もいるらしい。

対して私は昨年、勤めている運送会社で役職定年を迎え、現在は安全管理について助言する「スーパーバイザー」と呼ばれる仕事に就いている。以前は大勢の部下を束ね、予算も権限も大きかっただけに、それらを手放すのは辛《つら》かった。

日没へと向かうかのように寂しくなる私のキャリアに比べ、妻のそれは歳《とし》を重ねるごとに輝きを増している。しかし、その現実を素直に喜べない自分に気付いた衝撃は大きかった。なんて器の小さい男なのだと。

「でね、急な話なんだけど、東京からわざわざこっちまで来てくれるらしいの。食事でもしながら企画について打合せをしませんかって。だから悪いんだけど、明日の夕飯は適当に外ですませてくださいな」

「うん、分かった」

相手の編集者は女性なのか？　そう喉まで出かかった。けれど、そのまま飲み込んだ。年寄りのやきもちなど、格好悪いだけだ。

「ごちそうさん、風呂、先に入るぞ」

そう断ってダイニングを後にした。

ざっと体を洗い、湯舟に浸《つ》かると思わず大きな溜め息がでた。来週予定している東京行きを思うと憂鬱になる。こんな状態で一緒に東京へ出かけて大丈夫だろうか。途中で喧嘩《けんか》になり、予定が台無しにならなければいいのだが……。ぼんやりと、そんなことを考えた。


「ねぇ、あれかしら？」

妻が指さした先にポストがあった。今どき珍しい円筒形で、風に揺れる柳とのコントラストが美しい朱色に染められていた。

私は洋食店で渡された地図を開いた。

「多分そうだ。『四宝堂《しほうどう》』って名前らしい」

近づいてみると、石造りの外観は銀座の老舗《しにせ》店が持つ威厳を感じさせた。

「なんか、いかにも銀座のお店って感じね。大丈夫かしら？　私たちみたいな一見《いちげん》客が入っても」

妻が心配そうな声を零《こぼ》す。

「確かに。まあ、けど、ここにお邪魔しろというのが琴美《ことみ》からの指示だからなぁ……」

道路に面して背の低い石段があり、その先に両開きのガラス戸が待ち構えていた。

その大きな戸は装飾を兼ねて真鍮《しんちゅう》の補強が施されており、よく磨かれて鈍く輝いている。ガラスは鏡と見まごうほどで、真ん中に金文字で『四宝堂』と書かれていた。

「なあ、俺の顔、赤くないか？」

ガラス戸に映る顔を見ながら妻に尋ねた。

「まあ、ちょっと赤いけど、あのポストほどではないから。大丈夫よ」

洋食店で一本のビールを二人で分け合っただけなのだが、平日の昼間にお酒を飲むなんて初めてなので、ちょっと酔いが回ったような気がしていた。いや、そもそも銀座でゆっくり過ごすなんて初めてで、街の雰囲気に酔っているのかもしれない。

戸を押して中へ入ると、すぐに心地よい香りが私を包んだ。お香だと思うのだが、何の香りなのか私には分からない。けれど、森にいるような爽やかな香りがした。

店内は天井が高く、通りに面した大きな窓から差し込む日の光が白い壁に反射してとても明るい。木製の陳列棚はほど良い距離で配置され、様々な品物が整然とならんでいた。文房具に特にこだわりのない私でも、しばらく眺めていたくなるような店だ。

「いらっしゃいませ」

入ってすぐの所で立ちすくむ私たちに気づいたのだろうか、奥から声がかけられた。よく通る、しっかりとした声なのだが、それでいて押しつけがましさや、急《せ》き立《た》てるような様子は微塵《みじん》もない。友だちの家に遊びに行って、少し歳の離れた弟から挨拶されたような温かさがあった。

「こんにちは」

妻が軽く会釈した。どんな時も、ものおじしないのが彼女のすごいところだ。

「千田《ちだ》様ですね？　お待ちしておりました」

奥から出てきた彼は私たちの前で深々と頭をさげた。薄い青のシャツに紺色のネクタイ、グレーのズボンに黒い革の紐靴《ひもぐつ》と、ごく普通の格好なのだが、素材が良いのか、全体のバランスが整っているからなのか、なんとも上品だ。

「四宝堂文房具店の店主をしております宝田《たからだ》硯《けん》と申します。よろしくお願いします」

いつの間に取り出したのか、名刺を手渡された。ぱっと見ただけで、上質な和紙であることが分かる。活字も少し古いものなのか、書体に深い味わいがある。

「千田です。すみません、今日は名刺を持ち合わせていません」

私が恐縮すると、宝田さんはかぶりを振った。

「どうぞ気になさらないでください。実は地下に古い活版印刷機がございまして。随分と長いあいだ動かしていなかったのですが伝手《つて》を探してオーバーホールをしてもらい、最近、使えるようになったのです。それで嬉《うれ》しくなりまして、こうしてお会いする方に次々とお渡ししているのです」

宝田さんはそんな話をしながら妻にも名刺を差し出した。驚いたことに、妻はハンドバッグから名刺入れを取り出した。

「千田美穂《みほ》です。名刺は仕事で使っているものなので旧姓のままですが」

「休みの日にまで持ち歩いてるのか？」

「だって、面白い食材を見つけたら、躊躇《ちゅうちょ》せずに連絡先を交換しないと。そのために何時《いつ》も忘れずに鞄《かばん》に入れるようにしているのよ」

なるほど、こういったところが私とは違うのだなと思った。もっとも、今の名刺は格好悪くてとても出す気にはなれない。

「……あの、娘からこちらに伺うようにとのことだったのですが」

私は名刺をポケットに仕舞いながら切り出した。

「はい、お嬢様からお預かりしているものがございます。どうぞ、こちらへ」

宝田さんは店の奥へと私たちを誘《いざな》った。その身のこなしは流麗で、昨日、歌舞伎座で見たばかりの立ち役のようだった。

奥へと進むと会計カウンターがあり、宝田さんは引出しから封筒を取り出した。それは、昨日、東京に着いてから何度か受け取ったものと同じ、小さな封筒だった。

「こちらが、お預かりしていたものです」

差し出された封筒を受け取る。続けて宝田さんは鋏《はさみ》を取り出した。

「よろしければ、お使いください」

礼を言って封を切ると、中には名刺ほどの大きさの単語カードが入っていた。

「また単語カードだ」

私は妻をふり返った。

「やっぱり。で、何て書いてあるの？」

私は黙ってカードを妻に渡すと、上衣の内ポケットからシニアグラスを取り出した。

【お昼はいかがでしたか？　楽しんでもらえたなら良いけれど……。サラダにコンソメスープ、エビフライにハヤシライス。ごく普通の洋食なのに、ひと味ちがうと思いませんでしたか？　初めて食べた時、私はとても驚きました。】

「確かに……」

思わず零すと妻が深く頷《うなず》いた。

「本当にね。どちらかと言うと薄味で、あっさりとしているのに、それでいてコクがあって。するするとお腹《なか》に入るのに、とても満足感があったわ」

食に携わっているだけに、妻の表現は的確だった。

「そうだな。それに香りが違ったよ」

封筒にはもう一枚カードがあった。

【「四宝堂」は、私が大好きな文房具店です。お店の二階は、版画や篆刻《てんこく》などのワークショップを開く場所なのですが、今日は特別に貸し切りにしてもらっています。まずは二階にあがってください。つづきはそちらでお知らせします。】

カードは二枚とも丁寧な字で綴《つづ》られていた。

「これも、ちょっと変わったインクね」

「うん、灰色がかった紺とでも言うのかな。あんまり見たことのない色だね」

「それにしても、昨日、今日で何枚でしたっけ？　あの子からのカード。どれも違う色のインクだわ」

「確かに。色合いもそうだけど、にじみ具合やかすれ方も微妙に違う」

私は上衣の外ポケットに手を突っ込み、リングで綴《と》じられた単語帳を取り出した。

その表紙は革のような風合いで、リングには真鍮を思わせる加工が施してあった。

パラパラとめくっていると宝田さんが優しい笑みを浮かべながら口を開いた。

「どれも素晴らしい色ですよね。実はお嬢様は当店の二階で開いておりますインク調合の教室に通われているのです。そのカードにお使いになっているインクは、どれもお嬢様がメッセージに合わせて一つひとつ調合されたものです」

「へぇ……」

そんな趣味をいつの間にと思った。

「お前、知ってたか？」

「ううん、初めて聞いた。けど、凝り性なあの子らしいわ。そう言えばガラスペンだったかしら、ちょっと変わったペンを買ったって話を前に聞いたことがあるわ」

妻が私の手から単語帳を受け取ると、同じようにパラパラとめくりながら答えた。

「そうか。けど、インクも変わってるけど、単語帳も随分と洒落《しゃれ》てるな」

私の言葉に宝田さんは深く頷いた。

「そちらの単語帳は、レイメイ藤井《ふじい》というメーカーのもので、商品名はシンプルに『カードメモ』と申します。大人が使っても違和感を覚えない単語帳というコンセプトで作られたようです。その革のような表紙は、ラテックスという素材を染み込ませた特殊な紙で、折れにくく水濡《みずぬ》れにも強いので耐久性に優れています。実は、そちらも当店でお求めいただいたものなのですが、最近は製造量を絞っているのか、なかなか入ってこず、お約束の日までにご用意できるかと心配しました」

「それはそれは、随分と御面倒をおかけしたのですね。ありがとうございました」

妻が深々と頭をさげた。

「とんでもないことでございます、お嬢様には当店を贔屓《ひいき》にしていただいておりまして、本当に感謝しております。むしろ、お礼を申し上げるのは私の方でございます」

宝田さんは姿勢を正してきれいなお辞儀を披露した。

「さて、カードには、当店の二階へお上がりいただくようにといった主旨のメッセージが書かれていたのではないでしょうか？」

「ええ、確かにそのようなことが書いてありました」

宝田さんは会計カウンターからでてくると「では、早速ですが二階へご案内します。どうぞこちらへ」と店の奥へと手を向けた。

促されるままに後に続くと「ああ、そういえば……」と宝田さんは何かに気づいたように右側の棚に向き直った。

「単語帳は、こちらに陳列しております。最近は便利なアプリがたくさんありますので、単語帳をお使いになる方は減っているようですが」

「それにしては、かなりの品揃《しなぞろ》えですね」

サイズや色などを踏まえると、ざっと見て百種類以上はありそうだ。

「はい、どうにも私は天邪鬼《あまのじゃく》な性格のようでして……、使う人が減っていると聞きますと、余計にあれこれと揃えたくなるのです。それに、如何様《いかよう》にも加工ができるといった自由度の高さではアナログな物の方が勝るかと。お陰様で当店にお見えになるお客様の間では、紙をリングで綴じただけの単語帳は今でも人気がございます」

「へぇ」

我ながら愛想のない相槌だ。

「こちらは『カードメモ』と同じレイメイ藤井社製で『単語カード』という商品です」

思わずといった様子で妻が小さく笑った。

「失礼かもしれませんけど、『カードメモ』といい『単語カード』といい、そのままの商品名ですね」

「はい、本当におっしゃる通りかと。同社の商品は『よく、その名前で発売できたな!』と驚く物が本当に多いのです。けれど、どの商品も工夫がなされていて、いつも感心させられるのです。この『単語カード』は、このように赤と緑の透明カードがついておりまして、マーカーで塗りつぶした箇所が見えなくなるのです」

私が学生のころにも、そんな暗記シートが売られていたが、それを単語帳につけるなんて、ちょっとしたアイディアではあるが確かに感心する。

「本当にすごい！　これを思いついた人は頭が良いですね。すごいなぁ」

妻の返事に宝田さんは目を見張ると、満面の笑みを湛《たた》えた。

「失礼かもしれませんが、やはり琴美さんのお母様ですね。この商品をご覧になったときに琴美さんも同じような反応を示されました。『頭がいいなぁ』と。私見ですが、人の素晴らしいところに着眼し、それを素直に認めることは意外に難しいと思います」

「ありがとうございます。性格だけは真《ま》っ直《す》ぐに育てたつもりです。その代わりに不器用なところもあって、苦労をしているとは思いますが……」

〝不器用〟のところで妻はちらっと私を見た。言いたいことは分からないでもない。けれど、私だって、そんなところを似て欲しいと思ったことはない。

「すみません、どうにも脱線させてしまうのが私の悪い癖なのです。さあ、それでは二階へとご案内します。どうぞ、こちらへ」

そう告げると宝田さんは先に立って奥へと進んだ。

奥の壁際に階段があった。『本日のワークショップは終了しました』という看板を脇に寄せると「少々急かもしれません。くれぐれもお気を付けください」と言って先へ促した。

宝田さんの先導で二階にたどり着いた。床面積は一階とほとんど変わらないと思うのだが、商品棚などが置かれていないからか、広々として見える。

あがってすぐの所に会議室の机をひと回り大きくしたような台がひとつあった。その先にも同じようなものがならび、その列は部屋の奥へと続いている。

台の端には小さな封筒がひとつ置いてあった。取り上げてみると、封はされておらず、ただ蓋が閉じてあるだけだった。

手に取った封筒を妻としげしげと眺めていると、宝田さんが口を開いた。

「それでは、ご案内はここまででございます。こちらは閉店まで千田様の貸し切りとなっております。どうぞ、ご自分の部屋だと思われて、ゆっくりお過ごしください」

私は思わず口を開いた。

「あの、どういうことでしょう？」

宝田さんは小さく笑みを零すと「詳しくは、そちらの封筒の中身をご覧ください」と返し、さらに言葉を続けた。

「お手洗いはこちらにございます。それと、お疲れになりましたら、靴を脱がれて、そちらの小上がりでご休憩ください。座卓の上にお茶の用意がしてあります。また、あちら、奥の机のポットには近所の喫茶店から取り寄せた珈琲《コーヒー》がはいっております。

どちらもご自由にお召し上がりください。では、一階におりますので、何かございましたらお声がけください」

「なんだか、随分とお気遣いをいただいて……、ありがとうございます」

如才なく礼を言う妻に合わせて私も頭をさげた。

「いえ、とんでもないことでございます。では、ごゆっくり」

宝田さんは小さく頭をさげると静かに一階へと降りていった。

ことの始まりは昨年の十一月だった。私たち夫婦がいつも通りの時間に朝食を摂《と》っていると「週末、そっちに帰るから」と妻宛に琴美からLINEが入った。

私も妻も仕事の兼ね合いで六時過ぎには家を出るので、朝食はいつも五時ごろに摂っているのだが、そんな時間に琴美からLINEが入ったのは初めてのことだ。

娘の琴美は、大学進学を機に東京で一人暮らしを始めて今年で十年になる。入学当初は何かと機会を見つけては戻ってきたが、社会人になってからは忙しいのか年末年始に数泊する程度で、ここ数年はそれさえも途切れていた。

それに、上京したての頃は毎日のように電話がかかってきた。

『ねぇ、セーターって洗濯機で洗っていいの？』

『肉じゃがを作るんだけど、みりんって絶対にないとダメ？　お砂糖でも大丈夫？』

そんな、大したことのない相談。今どきネットで調べればすぐに分かりそうなことを何でも聞いてきた。妻は『あーー、面倒くさい。甘やかして何にもさせずに育てたからなぁ』と零しながらも嬉しそうだった。

けれど、そんな電話が週一回になり、さらに隔週になり月一回になりと徐々に減り、最近は滅多にかかってこなくなった。

代わりにLINEで写真やちょっとしたメッセージが妻宛に届くようになったが、ほとんどは夜遅くで、私たちとは生活の時間帯がまるっきり異なっていることを窺《うかが》わせた。そのLINEも最近はあまり来なくなっていた。

ひとりっ子の琴美を溺愛し、姉妹のように仲が良かっただけに、妻は寂しいはずなのだが『帰ってこないってことは、それだけ東京での暮らしが充実して楽しいってことよ』とか『電話やLINEが減ったってことは、東京で相談できる人ができたってことよ』と笑っていた。

そんな琴美が特に思い当たる理由もないのに戻ってくると言う。

『なんだろう、体の具合でも悪いんだろうか？』

『まさか。体調が優れないんだったら、東京の病院で診てもらうでしょう？』

素っ気ない返事に少し腹が立った。

『じゃあ、なんだと思うんだ？　十一月に帰ってきたことなんてないのに……。仕事が辛いとか、転職したいとか、そういうことの相談だろうか……』

『仕事のことなんか、私たちに相談するかしら？　会社の人間関係やら、海外の人と英語でやり取りしないとダメな難しい仕事のことなんて相談されても、せいぜい「頑張れ」ぐらいしか言えないじゃない。そんなこと、あの子も分かってるはずだわ』

ぐうの音も出ないとは、このことだと思った。

『なら、お前は何だと思うんだ？』

妻はちらっと私の顔を見ると、心底呆《あき》れたといった顔をして溜め息をついた。

『さあ、何でしょうね。まあ、分からない人があれこれ考えても仕方がないでしょう。とにかく週末の夕飯は久しぶりに三人で食卓を囲める訳だから、ちゃんと早く帰ってきてね。じゃあ、悪いけど先に出かけるわ』

ひとり残された私は妻の呆れた顔の意味を考えてみたが、結局分からなかった。

『用意、できたわよ』

妻が声をかける。『はーい』という返事と一緒にパタパタとスリッパを鳴らしながら部屋から出てくる琴美の足音が聞こえた。久しぶりに聞いた音だなと思いながら、私は自分の席についた。

食卓には瓶ビールが置いてあった。普段は缶ビールが多いが、ちょっと特別な時などに妻は瓶ビールを用意する。洒落た家ならワインやシャンパンでも開けるのだろうが、我が家は昔から瓶ビールと決まっていた。やはり琴美が帰ってきて、妻も嬉しいのだろうなと、単純にそう思った。

私の斜め右の席に琴美が座った。これまでなら、帰ってくるなり高校時代のジャージに着替えてくつろいでいたのに、今日はどうした訳か東京から着てきたワンピースとカーディガンのままだった。

『汚れたら困るだろう？　着替えてきたらいいのに』

私がそう声をかけながら瓶ビールに栓抜きをあてがうと『ちょっと待って』と琴美が口を挟んだ。

『母さんも座ってくれる？』

妻が黙って席につくと、琴美が姿勢を正した。

『食事の前に話があるの』

私は妻の顔を見た。妻はじっと自分の手元に視線を落としたままだった。

『何だい？　あらたまって』

私の問いかけに琴美は小さく頷くと、少し間を空けてから答えた。

『あのね、私、結婚することにしたの』

『えっ？』

それから琴美は結婚相手のことや、その相手と一緒に海外へと転居することなどを話し始めた。けれど、あまりに突然のことで、さっぱり頭に入ってこなかった。

『そんな訳で入籍だけして、結納とか披露宴なんかはしないつもり。それで、来年の七月には彼と一緒に出国する予定なの。ちょっと遠いから、そう簡単には帰ってこられなくなると思う。だから、明日はお墓参りをしてお祖父《じい》ちゃんとお祖母《ばあ》ちゃんにもお別れをしようと思ってる』

目の前にある瓶ビールはびしょびしょに結露をして、すっかり温《ぬる》くなっているようだ。とても飲めたものではないだろうが、そもそも飲む気分でもなくなっていた。

『ねえ、あなた、何か言ってあげて』

妻にそう促された。

『うん……。おめでとう』

どうにか言葉を絞りだした。それも心にもなく『おめでとう』などと。

『ありがとう……。父さんには反対されると思ってたから、ちょっと拍子抜けした』

ずっと緊張していたのだろう、琴美がやっと笑顔を見せた。

『じゃあ、着替えてくる』

席を立つとパタパタとスリッパを鳴らしながら部屋へと戻っていった。

『ねぇ、大丈夫?』

妻が私の顔をしげしげと見た。

『ああ……。うん、大丈夫』

『偉かったわね、おめでとうって言えて』

『……そんなことで褒められてもな』

私は席を立った。

『悪いけど、仕事で呼び出されたってことにしてくれないか?』

『うん、分かった。けど、明日は三人でお墓参りをしましょう。だから、あんまり遅くならないで』

妻の声を背中に聞きながら私は上衣を引っかけて家をでた。どこに行くという宛もないのだが、とにかく歩いて頭を冷やそうと思った。

ふと気が付くと、小さな公園があった。二台のブランコ、滑り台、それに砂場。べンチがいくつかと水のみ場という、本当に小さな公園。

　私はベンチに座り、ブランコを眺めた。あたりは真っ暗で、数本の街灯が園内をぼんやりと照らしている。その誰も座っていないブランコを眺めて、私は小さかったころの琴美を思い出していた。

『しっかりつかまってるんだぞ』

『うん！　あっ、でもゆっくりにしてよ、急に強く押したらダメだからね』

　琴美はそんな調子でブランコにもおっかなびっくり乗るような娘だった。そんな、おとなしい子が結婚をして、海外へ引っ越すという。

　空を見上げると薄《う》っすらと雲がかかり、星はもちろん、月さえも見えなかった。


　次の日、お墓参りからの帰り道、いつものように私はハンドルを握っていた。このまま家に戻らずに駅で琴美を降ろすことになっていた。後部座席では、帰りに持たせるつもりの紙袋の中身を妻があれこれと琴美に説明している。

　もうすぐ駅というところで、赤信号に引っかかった。私はちらっとバックミラーを見やると口を開いた。

『なあ、琴美。ひとつだけ頼みがある。盛大な披露宴をしてくれとは言わない。けど、父さんと母さんには、琴美の花嫁姿を見せて欲しい。それに、相手の方のご両親にもちゃんとした場で挨拶ぐらいはしないと……。だから、両家の顔合わせを兼ねた食事会みたいなもので構わない。とにかく結婚式をやって欲しい』

琴美とならんで後部座席に座る妻とバックミラー越しに目があった。その目は『唐突に何を言い出すのよ！』と怒っている。

しばらく返事はなかった。後ろの車からのクラクションで我に返ると信号は青に変わっていた。慌ててアクセルを踏むと、それに合わせるように琴美の声が聞こえた。

『分かった……。彼に相談してみる。何て言うか分からないけど、なるべく父さんの希望に沿うようにする。だけど、ちょっと時間を頂戴。ちゃんと段取りができたら、連絡するから』

そんな言葉を残して琴美は東京へと戻っていった。

それから半年ぐらい経《た》っただろうか。年末年始も仕事を理由に琴美は帰ってこず、私と妻も努めて琴美のことは口にしなかった。正直なところ、ほとんど諦めていた。

そこへ一通の封書が届いた。宛先は私と妻の連名で、差出人は琴美だった。

開封してみると、中には単語帳と特急列車のチケットが入っていた。

『なんだろう？　これ』

単語帳は鳩目《はとめ》で固定されたバンドで閉じられていて、それを開くと、鮮やかな青いインクで丁寧に書かれた文字がならんでいた。

その丁寧だけど、少し癖のある字は琴美のものだった。

【父さん、母さんへ
大変お待たせをしました。結婚式の準備が整いましたので、御連絡します。】

そんな言葉に続けて、日時と会場が書いてあった。場所は東京の銀座にほど近い、由緒あるホテルのレストランだった。

『土曜日の正午からって……、万一のことを考えたら前日には移動しておかないと』

私は慌てて鞄から手帳を取り出すと、日程を確認した。驚いたことに、その週の木曜日と金曜日の二日間は有休申請をしている日だった。

『この週って……』

『そう、私たちの珊瑚婚《さんごこん》を記念して旅行しましょうって有給休暇をとってもらっていた週よ』

どうやら琴美と妻で日程を調整していたようだ。

『道理で……変だなと思った。銀婚式の時だって何もしてないのに、三十五周年の珊瑚婚だから、どこかに行きましょうなんて』

『ふふっ、まあね』

二枚目のカードには次のような言葉があった。

【せっかく遠くから来てもらうので、少しばかり東京見物をしてもらいたいと思います。まずは、結婚式をするホテルへお越しください。続きはそちらでお伝えします。】

最寄り駅からホテルまでの道案内のリーフレットも添えてあった。

『なんだかなぁ……』

『いいじゃない？　あなたと二人で泊まりのお出かけなんて、新婚旅行以来だわ』

嬉しそうな妻の顔を思わず私はまじまじと見てしまった。

昨日、予定通りに東京まで出てきた。地図を頼りにホテルへ入り、部屋に案内されると、一通の小さな封筒が置いてあった。開けてみると、送られてきたものと同じカードが入っていた。
【父さん、母さんへ
長旅、お疲れ様でした。休憩して落ち着いたら、もう一度ロビーに降りてください。フロントの奥に「コンシェルジュデスク」があるので、そこで榛原《はいばら》さんという方に声をかけてください。】

『なんだろうね？』

カードを見せながら妻に問いかけた。

『さあ？　なんでしょう。けど、とりあえず、あの子の言う通り、そのコンシェルジュデスクって所へ行ってみましょう』

私は黙って頷くと、琴美が送ってきた単語帳にカードを綴じた。

『これは、まあ、メモ書きなんだろうけど、こうやってリングに通しておけば、バラバラになってどこかへ行ってしまう心配がないね』

妻は溜め息と一緒に苦笑を漏らした。

『そうね。決められたところに物が納まってないと気になってしまうという、あなたの性分を考えて、あの子なりに工夫をしたんでしょう』

『おまえの入れ知恵じゃないのか？』

『まさか、私は何にもしてないわよ』

手元のカードにあらためて視線を落とした。間違いなく琴美が書いた文字なのだが、良質な紙に青いインクで記されたそれは、どこか大人びていて、私の知らない娘の一面を見せられたような気がした。

結局、落ち着かないので荷物を解くとすぐにロビーへと降りた。

コンシェルジュデスクで榛原さんを呼び出すと、琴美と打合せをしていたようで、あれこれと世話を焼いてくれた。衣装合わせに散髪、その後は歌舞伎座までタクシーで移動し、夜の部の公演を桟敷席で見物。夕食は幕間《まくあい》に豪華な松花堂弁当が用意されていた。

行く先々には必ず封筒が預けられていて、その中には琴美が認《したた》めたカードが入っていた。ホテルへ戻ってくると、榛原さんから『今日は、これでおしまいです』と封筒が渡された。その中のカードには【最上階にラウンジがあります。お薦めのカクテルを注文しておきました。】と書かれていた。

エレベーターを降りてラウンジへと入ると、窓際の席が予約されていた。眼下には皇居の森とお濠《ほり》が、残り半分は銀座の煌《きら》めくようなネオンが広がっていた。

『なんか、夢のようね。こんな贅沢《ぜいたく》して罰が当たらないかしら』

カクテルを前に妻が呟《つぶや》いた。

『俺が言おうと思ってたことなんだけどな……』

妻がしてやったりと言わんばかりの笑みを零した。

『けど、大丈夫かしら。支払いはあの子が持つことになってるって榛原さんはおっしゃってたけど』

それは私も気になっていた。

『まあ、多めに祝いを渡すしかないだろう。無理に支払いをしようとしたところで、榛原さんに余計な迷惑をかけることになるだろうし』

『そうね。でも、楽しいわ。ねぇ、これからも夫婦で時々は東京に遊びに来ましょうよ。私、もっと歌舞伎を見てみたいわ。それに宝塚や劇団四季なんかも』

『演劇に興味があるなんて知らなかったよ』

ふんわりとした優しい笑みを浮かべながら妻が小さく頷いた。

『それにしても琴美が家を出て、もう十年も経つのね……。私、どこかで、あの子が戻って来て、また三人暮らしになることを期待してたのかも。でも、あの子も結婚して、自分たちの家庭を作る訳だから……。もう待っていても仕方がない。だから、私たちも新婚時代に戻ったつもりで大いに楽しみましょう』

意外だった、そんなふうに考えていたなんて。

『でも、俺と一緒でいいのか？』

『……はぁ？　何を言ってるの』

『だって、お前は市長肝煎りの委員会の委員になったり、次の市議会議員選挙に出て欲しいって言われたり……。けど、俺はしがない〝役定〟社員だろ？　お前は東京の出版社からわざわざ編集者が会いに来るような人じゃないか。何も俺じゃなくても……』

それ以上、うまく言葉にできなかった。

『ばかねぇ……』

『どうせ俺はバカだよ』

まるで子どもだなと我ながら呆れた。

『あなたが嫌なら、出版は取りやめるわ。委員も辞めたっていい。どうせ私が辞めても代わりはいくらでもいる。けど、あなたの妻は私しかいないでしょう？』

『……えっ』

『三十五年も一緒にいたのよ、嬉しい時も悲しい時も。それを一から誰かとやり直せって言うの？　冗談じゃないわ』

思わず涙が零れそうだった。

照明が抑えられたラウンジだから勇気が出たのかもしれない。私は妻の手を握った。

『あら、大胆ね』

『……うん、ちょっと酔っぱらったのかも』

照れ隠しの言葉が漏れた。妻が呆れたように笑った。

『もう、訳の分からないことばかり言って、私を困らせないで』

私は黙って頷くのが精一杯だった。

それから、どれぐらい手をつないでいただろう。テーブルに灯《とも》されたキャンドルが随分と短くなっていた。

やっとの思いで妻をじっと見つめると、私は口を開いた。

『なあ』

『うん?』

『俺、怖かったんだ』

『怖かった? 何が』

『自分だけ置いてけぼりにされるんじゃないかって……。琴美は結婚して外国へ行くって言うし、お前はどんどん偉くなって、遠い存在になってしまいそうだし……。あの家に一人取り残されてしまうんじゃないかと怖かったんだ』

『……本当にばかね』

妻の言葉に私は頷いた。

『でも、ちょっと安心した。なんか変なことを言ってごめん。気にしないで仕事はこれまで通り続けて欲しい。もちろん、本もね』

『うん……』

私は妻の手を放すと姿勢を正した。

『面倒かもしれないけど、これからもよろしく。それと、頑張って』

『うん、ありがとう。こちらこそ、よろしく』


そして今日。ホテルを出発して皇居の周りを散策し、洋食店を経て四宝堂に着いた。

「ねえ、はやく中身を見せて頂戴」

「ああ、ちょっと待って」

私は封筒を開いた。やはり、今回も中からカードが出てきた。

【あちこち歩かせてごめんなさい。けれど、今日はここが終点です。あとはホテルに戻り、夕飯を食べて寝るだけです。なので、もう少し私に付き合ってください。奥に向かって、思い出の写真をならべてみました。ぜひ、ゆっくりと見てくださ い。】

私は妻と顔を見合わせた。そのまま視線を台の先に滑らせると、カードと一緒に白い紙が置いてあった。

「写真って、あの紙のことかな？」

「そうじゃない？　それにしても、結構な枚数を用意したものね」

室内には奥に向かって六つの作業台がならび、その上に何枚もの紙があった。

「なんだ、知ってたんじゃないのか？」

「知らないわよ」

奥へと進み最初の一枚を裏返すと、そこには生まれたばかりの琴美が写っていた。

「小さいなぁ」

思わず妻と声が重なり、笑ってしまう。

その写真の傍らには、やはり裏返した二枚のカードが添えてあり、一枚目には生年月日と合わせて【琴美誕生！　３０２３グラム】と書いてあった。それには、小さな付箋《ふせん》が貼ってあり【写真は単語帳の大きさに揃えてあります。カードと一緒に綴じながら進んでください。】と認めてあった。写真を手に取ってみると、左端にパンチで穴があけてあった。

「これ、どうしたんだろう？」

「さぁ……。でも、こんな名刺みたいなサイズの写真はないでしょうから。多分、アルバムの写真をスマホか何かで撮って印刷したんじゃないかしら」

「なるほど」

二枚目のカードには、さらに言葉が綴られていた。

【難産で母さんは大変だったとか。父さんは仕事で立ち会いを諦めていたそうですが、夜遅くまで私が粘った？　お陰で間に合ったそうです。】

「そうそう、そうだった。あなたは買ったばかりの携帯で何度も連絡をしてきたけれど……。こっちは苦しくて話なんてできないって言ってるのに」

「うっ……」

「まあ、けど、書いてあるように、あなたが病院に着くのを待っていたように琴美が生まれてきたのを良く覚えてるわ」

私は妻の手からカードと写真を受け取ると、単語帳のリングに綴じた。

その隣には鳥居の前で撮影した一枚があった。

「お宮参りね、これ」

その写真にはスーツ姿の私と琴美を抱く妻が写っていた。

「よく寝てる。そうそう、御祈禱《ごきとう》をしてもらってる間、機嫌が悪かったのか、太鼓や鈴の音が怖かったのか、ずーっと泣いてたのに、終わったとたんにピタッと泣き止《や》んで……。神主さんはムッとしてたけど、係の巫女《みこ》さんが『赤ちゃんは泣くのが仕事なんですから、気にしないでください。元気な証拠ですよ』って声をかけてくれた」

「そうだったな……」

その次は初めての雛《ひな》祭りだった。

「ここ何年も雛人形を飾ってないね」

「そうねぇ……。でも、主役がいないと、出す気になれないのよね」

「確かに……。そう言えば、ちらし寿司《ずし》も長らく食べさせてもらってないね」

妻は苦笑いを零した。

「だって、大変なのよ、あれは。それに私は保育園の給食で毎年作って食べてるから、それで満足しちゃうのかも。あっ、もしかして食べたかった？」

「うん、やっぱり食べられるなら食べたいかな。外で似たようなものを売ってはいるけれど、家の味とは似ても似つかないから」

首が据わったばかりの琴美が雛人形の前でちょこんと座っている様子は、なんとも愛らしい。まだ、雛祭りなんてこともさっぱり分かっておらず、雛あられの袋を両手で抱えて笑っている。

さらに、動物園で象と一緒に撮った写真や、家族三人で出かけたピクニックなどの写真が続く。そして『一歳のお誕生日おめでとう！』というプレートのついたバースデーケーキにかぶりついて、顔中をクリームまみれにした写真があった。

「そうそう、あったあった！　こんなことをやらかした」

妻が声をあげながら写真を手にした。

「赤ちゃんでも大丈夫なようにと豆乳を材料に使ったクリームにしたんだけど……。とはいえ、クリームはクリームだから。このベトベトの手であちこち触られちゃって、その後の掃除が本当に大変だった」

それらの写真にはカードが一枚だけ添えられていた。

【満一歳！　たっぷりと愛情を注いでくれたことは、アルバムを見れば分かります。】

「なに当たり前なことを書いてるんだか……」

照れ臭くなった私は、そんなことを言いながらカードを妻に手渡した。

「私は少しも当たり前だとは思わないけど」

「そうかな？　親が子どもを愛すなんて、当たり前じゃないか」

妻は私にカードを戻しながら、ゆっくりと首を振った。

「当たり前じゃないよ。私は保育園でたくさんの親子を見てきたけれど、自分が産んだ子なのに愛せないって悩んでいる母親や、自分の血を分けた子のはずなのに興味すら持てない父親をたくさん見てきた。だから、私たちのように琴美を心の底から愛することができて、その琴美から愛されているなんて、本当に恵まれているの」

「……そんなものか」

「それに……、喧嘩ばかりしている夫婦だって珍しくない」

「お互い好きになって結婚したのに？」

妻は黙ったまま小さく頷いた。その唇を固く結んだ表情は初めて会ったころと変わっていないなと思った。

私は高校を卒業すると地元の運送会社へ就職した。最初の一年は臨時雇いの身分で、荷物の積み込みやトラックの整備や洗車、伝票整理など何でもこなして金を稼いだ。空いた時間に教習所に通い、普通免許を取得すると小型トラックの運転手を希望し、二年目にドライバーとして正規採用された。

そのころ会社の食堂で働いていた美穂と出会った。

まだ栄養士はもちろん調理師免許も取得しておらず、食材を洗ったり切ったりの下拵《ごしら》えや、鍋釜や食器の洗い物ばかりをさせられていた。どこか垢抜《あかぬ》けないけれど、いつも一生懸命に働いている姿が、ちょっと眩《まぶ》しい気になる子だった。

ある時、配達された食材の段ボール箱を額に汗を浮かべながら調理場へと運び入れている美穂を見つけた。私は軽い気持ちでジャガイモの段ボールを持ちあげた。

『そんなことをされたら困ります！』

固い声にふり返ると、唇を固く結んでこちらを睨《にら》む美穂の顔があった。

『いや、その……、大変そうだなって思って』

『気を悪くされたのなら許してください。けど、ドライバーさんですよね？　手伝わせたりして疲れさせては大変です。事故の原因になるかもしれない』

『大袈裟《おおげさ》だな……。ベテランならいざ知らず、僕は若いから大丈夫です。それに、こう見えて荷物の積み下ろしのプロです。だから……、もっと気軽に考えてください』

小柄な美穂は私を見上げた。

『すみません……、大きな声をあげてしまって。でも、これは私の仕事ですから。甘える訳にはいきません』

『そうですか……。じゃあ、こうしませんか？　何か手伝う代わりに僕のご飯は大盛りにしてください。疲れたとしても、たくさん食べれば大丈夫。それならいいでしょう？』

私の一方的な言い分がおかしかったのだろう、美穂は目を見開くと、不意にケラケラと笑い出した。その屈託のない笑い声を聞いているうちに、なんだか私もおかしくなってきて笑ってしまった。

『なんか、面白い方ですね』

『えっ！　そうかなぁ……。どっちかというと真面目な方だと思うけど』

『その変に真面目なところがおかしくて』

そう答えるなり、また鈴を転がすような軽やかな笑い声が聞こえた。

こうして少しずつ二人の距離が縮まり、数年の交際を経て結婚した。そのころには美穂は調理師免許と管理栄養士の資格を取得し、昔から希望をしていた公立保育園の調理場に移っていた。私もコツコツと金を貯《た》めて教習所に通い、大型免許を取得して長距離路線を担当するまでになっていた。

順風満帆な毎日だったが、なぜか子どもはできなかった。

『天からの授かりものって言うじゃないか』

私は努めて明るく話すようにしていた。しかし美穂は相当に悩んでいた。

『子どもが大好きだから保育園で働いてるの。なのに、ちっともできない。小さな子どもに囲まれて働くのは嬉しいけれど……。最近、自分よりも若いお母さんも増えて、そんな人たちが子どもと楽しそうに手をつないで帰っていくのを見ると辛いのよ』

話しているうちに、美穂は必ず泣き出してしまう。

『そうか……。なあ、いっそのこと、よそへ移ったらどうだい？　なんならうちの食堂に戻るとか。それに、何度も言うけど、子どもは欲しいからといってできるとは限らない。それは神様が決めることなんだから』

『けど、あなただって子どもは好きでしょう？　バスケのチームが作れるぐらい欲しいって言ってたじゃない。野球でもサッカーでもいいぐらいだって。……なのに』

将来を見据えて節約するために、結婚してからもしばらくは六畳一間の古い木造アパートで暮らしていた。その小さな部屋で、こんな話を何回したことだろう。

いつも泣き崩れる美穂を抱きしめて、頭を撫《な》でてやっているうちに、疲れ切って二人とも寝入ってしまう。そんな生活が随分と長いあいだ続いた。

転機は不意に訪れた。古くなった木造アパートを建て替えたいからと、大家さんから引っ越しを打診された。『うちで持ってる物件を格安で世話するから』と、近くの3LDKに移ることになった。廊下を歩けばミシミシと嫌な音がし、夏は暑く、冬は隙間風が吹き込む所から、南向きの部屋への引っ越しは、塞ぎがちな美穂を明るくしてくれた。

家具やカーテン、寝具類を奮発して新調し、美穂の希望で、ビルトインタイプの三口ガスコンロのついた豪華なキッチンで使いたいという調理道具もあれこれと購入した。合わせるのが大変な二人の休みを調整し、これまでに貯め込んだお金で買い物をするのが楽しかった。

そんな朗らかな生活が良かったのかもしれない。ある日、『ちょっと、いい?』と風呂からあがったばかりの私を美穂が呼び止めた。

『どうした?』

私が座ると封筒から何かを取り出した。それには「母子健康手帳」と書かれていた。

『なにそれ?』

『もう! 分からないの?』

私は美穂の顔をまじまじと見た。

『それって……、子どもができたってこと?』

『……うん』

『えっ、えっ、えっ……、えええ』

私は椅子から立ち上がり、辺りをうろうろと歩き回った。

『ほっ、本当? 本当に俺たちに子どもが? できたの?』

『うん』

『やったーーー』

人生で初めてかもしれない。大きな声で叫んで飛び上がってしまった。運転免許をとった時も、大型に合格した時も、こんなことはしたことがない。ふと美穂を見ると、涙を零していた。

『もう、私たちに子どもはできないかもしれないと、諦めてた……。けど、最近、吐きそうになるほど気分が悪くなることが時々あって。念のために病院で診てもらったら「おめでとうございます」って。私、最初、信じられなくて……』

『……うん、うん』

何か気の利いた言葉をかけたいけれど、何も出てこなかった。


次は卒園式の看板の前で家族三人で納まった一枚が置いてあった。その隣には、やはりカードが。それには【保育園の思い出】とあった。その下にもう一枚。

【一歳から五歳まで、私は、母さんの勧める保育園に通いました。ずっと母さんと一緒にいられて嬉しかった。】

ベビーカーを押して保育園へと出かける妻や、ヘルメットをかぶった琴美を乗せた自転車を漕《こ》ぐ妻を収めた写真が添えてあった。

「今でこそ、それなりの年齢で初産って人も珍しくないけど。あのころ周りを見渡すと若いママばっかり。ちょっと肩身が狭かったなぁ。それに、保育士さんからは先生って呼ばれるし。まあ、管理栄養士だから仕方ないんだけど……」

「でも、俺としては安心だったよ。いつも二人一緒ってことで」

その横には満面の笑みでご飯を頰張る琴美の写真があった。

【母さんの作る美味《おい》しい給食がみんな大好き！　母さんの給食で育った卒園生は五百人を超えるそうです。私は朝も晩も母さんのご飯を食べられて本当に幸せだったけれど、家を出てから他所《よそ》の味に慣れるまで随分と苦労しました……。】

琴美の写真の隣には、子どもたちがそろって給食を食べている様子や、妻が調理師さんたちと打合せをしたり味見をしているところなどを収めた写真が添えてあった。

「こんな働いている写真なんて、よくとってあったね」

「きっと、卒園アルバムから見つけたんだと思う」

実際にカードの近くには何枚もの写真があった。乳幼児クラスの部屋でお昼寝する琴美にはじまり、徐々に大きくなって園庭で元気に遊んだり、お遊戯会で『三匹の子豚』の狼《おおかみ》役を熱演する姿が納められていた。

「写真に写ってるのは、前の園舎だね。ちょっと懐かしい」

「うん、五年前に建て替えてしまったから……。耐震基準はもちろんだけど、その他にも小さな子が怪我《けが》しないようにって安全性への配慮は格段に良くなった。けど、本音を言うとちょっと寂しかったかな。あの子と何年も通った思い出の場所だから」

何か言いたいのだが、どうしても言葉が見つからない。

「あら、これは面白そうね」

ぼんやりと手元のカードに視線を落としていると、先へ進んだ妻の声が聞こえた。妻が手にした一枚には『父さんとお出かけ！』とあり隣の一枚にはこうあった。

【母さんは時々お休みの日もお仕事へ。そんな時、父さんは私を外へと連れ出してくれた。遊園地にハイキング、映画を見たりデパートへ買い物に行ったり……。私が一番デートした相手は父さんです。】

カードの周りには、メリーゴーラウンドの馬に跨《またが》って手を振ったり、私が握った不格好なおにぎりにかぶりつく琴美を収めた写真がならべられていた。

「なんだか、楽しそうね……。あのころは、私も忙しくて、なかなか休みを合わせられなかったけど。こうやって、あちこちに連れて行ってくれて感謝してるわ。あの子から『こんなところに行ったんだよ！』とか『楽しかった』って話を聞くと、嬉しい半面、ちょっと羨ましかった」

「すまん……」

妻は小さく笑うと首を振った。

「なんで謝るのよ。だいたい、あの子が中学・高校のころは、あなたも学生に逆戻りで、二人そろって勉強ばっかり。そのころの方が仲間外れにされた感は強かったわ」

地元の小さな運送会社に就職をしたはずだったのだが、同業他社と合併したかと思えば、今度はさらに大手に吸収されるといったことをくり返し、気が付けば業界でも大手と呼ばれる会社の一員になっていた。

運転の仕事もハッキリとした役割分担が進み、以前のように、あちらへ行ったり、こちらへ来たりといったものは減り、決められたルートを決められた時間通りに走ることが要求されるようになった。知らない道を走り、見たことのない景色を見ることに面白さを感じていた私にとって、それは仕事の醍醐味《だいごみ》を大きく損なうことだった。

しかも運転の仕事は長時間にわたって座った姿勢でいることもあって、四十を過ぎたあたりから腰痛に悩まされていた。最初のうちは騙《だま》しだまし働いていたが、どんどん辛くなっていた。

ある日、思い切って上司に相談すると、親身になって考えてくれた。幸いなことに、正規採用されて以来、二十年以上にわたって無事故・無違反ということで、トラックを降りても安全管理者として採用してもらえると言う。

『ただな、これまで、あれこれと付いていた手当がなくなる分、給料がさがる』ちょうど琴美が中学生になったばかりで、これから塾に通ったり、高校進学に向けて何かと物入りな時期だった。

『千田のことだ、安全管理者の仕事ぐらい簡単にこなすと思う。将来的には大規模な物流センター長を担えるぐらいのポテンシャルがあることは俺にも分かってる。しかし……、内勤者として昇進を狙うなら、どうしても大卒の学歴が必要になる』

私の人事データに目を落としながら上司は少し間を置いた。

『どうだろう、高卒の資格はあるんだ。これからでも通信制か夜間の大学に通ってみては。ああ、学費については会社から援助してもらえる。本当は年齢制限があるんだが、その辺は俺の推薦次第で何とでもなるから』

その夜、上司に言われたことを妻に伝えた。

『いい話じゃない？』

『本当に、そう思うか？　残業代でカバーするにしても二割ぐらいは給料がさがってしまう。それに、本当に夜間の大学なんかに通ったら残業もできない』

妻はお茶を淹《い》れたばかりの湯呑《ゆの》みに視線を落としながら首を振った。

『体を壊したら元も子もないわ。あのね、あなたは上手に誤魔化してるつもりかもしれないけど、痛み止めの薬を飲んでることは知ってるのよ。そんな体で運転を続けて、事故でも起こしたらどうするの？　取り返しがつかないじゃない。それにお金なんて何とかなるわ。そもそも、収入の範囲で贅沢をせずに暮らせばいいだけなんだから』

『だけど、これから琴美に色々とお金がかかるだろう？』

『琴美を言い訳に使うのはどうかしら？　それに、本当に琴美のことを思うなら、トラックから降りて、将来を見据えて勉強し直す方がいいんじゃない？』

時々だが妻には反論のしようがないほどにやり込められることがある。

『……でもさぁ、大学受験の勉強をこの歳になって始めるんだよ。俺にできると思う？　そもそも、お前だって高校のころに習ったことなんて、何にも覚えてないだろ？　一から勉強し直すのかと思うと、正直に言って気が重い』

『ほら、それが本音でしょ？　なら正直に「勉強するのは嫌だから、大学には行かない」って言いなさい。琴美にお金がかかるから、なんて言い訳はやめることね』

ここまで言われてしまうと引き下がる訳には行かなくなる。その日から私の勉強が始まった。けれど、試しに解いてみた入試問題は、まったくもってチンプンカンプン。仕方がなく中学校の英語や数学からやり直す羽目になった。

とはいえ、昼間は慣れない内勤の仕事を覚えなければならず、それはそれで新しいことの連続で大変だった。往復の通勤はもちろんトイレや入浴といった隙間時間も無駄にすることなく勉強するには、どうしたらいいだろう？　そんなことを考えてたどり着いたのが『単語帳』だった。

「なんか、こうやって見てみると、あなたと琴美は、よく似てるわね」

妻がしみじみと呟いた。彼女が手を伸ばした先には、私と琴美が炬燵《こたつ》で勉強している写真があった。そして傍らには【勉強中！】というカードが添えられていた。

【中学時代の思い出は部活と父さんとの勉強に尽きます。毎日、九時から十一時までの二時間、二人で勉強したっけ。数学と英語は私が、国語と理科・社会は父さんが先生役。教え、教えられで、二人とも頭が良くなった⁉】

私の勉強方法はいかにも昭和っぽい丸暗記だった。対して琴美は理屈で覚えるやり方で、やはり得意な科目にその辺の傾向が現れていた。

『単語帳を作るひまがあったら、もっと問題集を解いた方がいいんじゃない？』

私はそんな琴美の忠告に従わず単語帳に頼った勉強を続けていた。実際に、私の性分にはあっていたようで、成績は少しずつではあるがあがっていた。

『まあ、なぁ。でも、問題集を次々解くと、新しい問題集を買わないとダメになるだろ？　それに比べると単語帳は何度でもくり返しくり返し解けるから経済的だと思うんだ。それにバスや電車の中でも勉強できるからね』

『……まあ、否定はしないけど。多分、単語帳って、使う時よりも作る時に効果があるような気がする』

私はリングから外し、炬燵の上に散らばらせていたカードに目をやった。

『確かにな。この「interesting」だけど、大きな字で書きすぎて、終わりの方の「ing」が小さくなっちゃって……。あーあ、って思いながら裏に「興味深い」って書いたら、「興」の字が大きくなっちゃった。お陰で「い」が、すごく小さくなってしまった。バカだなぁ……、て思ってたら、一発で覚えちゃったんだよね』

『でしょ？』

そんなやり取りをしていると、いつも妻がココアやホットミルクを用意してくれた。

『ほら、二人とも時計を見て頂戴。明日も仕事や学校があるのよ』

二人で競い合っていたら、私は希望していた大学に合格した。勉強を始めて二年目のことだった。郵送されてきた合格通知を見せると、妻も琴美も大喜びしてくれた。

『なんか、凄《すご》いね。働きながら大学に合格するなんて』

『ありがとう。でも、これから、またしばらくは仕事をしながらの勉強だな』

私は合格通知に視線を落とした。合格した学部・学科とならんで「二部」とあった。

『……そっか、父さんはこれからも夜は勉強なんだね』

急に琴美の声が小さくなったような気がした。

『ああ、普通の授業は平日の夜なんだけど、体育とかは昼間の学生がグラウンドや体育館を使わない日曜にやるらしい。けど、この歳で体育なんて大丈夫かな？』

私が軽く流すように言うと、琴美がじっと私の顔を見た。

『父さん、頑張ってね。私も頑張る。まずは高校、それに大学受験も』

『そうだな。きっと琴美なら大丈夫、なんせ父さんの数学と英語の先生なんだから』

『大袈裟に言わないでよ、最初の数ヶ月だけの話じゃない。あっ、そうだ。ねぇ、お願いがあるんだけど』

いつになく真剣な琴美の表情に、私は姿勢を正した。

『なんだい？』

『あのね……、父さんが作った単語帳、捨てないで取ってあるでしょう？』

『ああ、うん』

本来なら、覚えてしまったら用済みの品ではあるが、捨ててしまったら、せっかく覚えたことまで忘れてしまうような気がして、段ボール箱に詰めて取ってあった。

『あれをね、私にくれない？』

ちょっと意外だった。

『あんなものが欲しいのかい？』

『うん、だって父さんの字は、ちょっと癖があるけど、あれこれと細かく書き込みをしてあるでしょう？　きっと眺めているだけでも頭に入るような気がするし、父さんも頑張ったんだからって、怠けそうになった時にも頑張れるかなって思って』

随分と遠回りをした愚直な私を認めてくれたような気がして嬉しかった。

『あんなものを、もらってくれるのなら喜んで』

次の日から一週間ほどかけて、二年間で作った一箱分の単語帳を整理し直した。苦手な古文漢文や英単語は、汚れたりパンチ穴が破れかけていた。パンチ穴を補修するシールを貼ったり、滲《にじ》んだ字を書き直したりして、科目別や履修時期に合わせて整理した。こんな時も、英語は英語、歴史は歴史と、単語帳のリングを紐で括《くく》ればきれいに整理ができ、便利だと感心した覚えがある。

「ほんの十年前だけど、随分と昔のような気がするわね」

妻の声に我に返った。ふと見ると『卒業式』の看板と一緒に撮影した高校生の琴美の写真があった。その先には、私が見たことのない写真がならんでいた。添えられたカードには【父さん、母さんの知らない東京での私】とあった。

「ああ、本当だな」

続けて赤レンガの校舎を背景に、作ったばかりのスーツでぎこちない笑みを浮かべている琴美の写真があった。卒業式から一ヶ月も経っていないはずなのに、ポニーテールから大胆に短くした髪型とあいまって、随分と大人びて見えた。

アルバイト先だろうか、かわいらしい制服姿でケーキやポットを載せたトレーを運ぶ琴美。ユニフォーム姿にラクロスのスティックを構えて微笑《ほほえ》む琴美。インターンにでも行ったのだろうか、スーツ姿で何やらプレゼンテーションをしている琴美。友人らと旅行に出かけたのか、国内の観光地や海外で撮ったような写真も何枚かあった。確かに、どれもこれも私の知らない姿だ。

それらの写真に添えられたカードには【あこがれのひとり暮らしだったけど、寂しくて泣いた夜もありました。】と記してあった。

「寂しい思いをするぐらいだったら、帰ってくれれば良かったのに……」

私の手からカードを受け取りながら妻が小さく首を振った。

「あなたに似て頑張り屋さんだから、琴美は」

琴美の高校卒業と私の大学卒業が同じ年の三月に重なった。私が七日、琴美が十日と三日違いで二回も卒業式に出席することになった。二人のお祝いにと、琴美の卒業式に合わせて妻が赤飯を炊き、尾頭付きの鯛《たい》まで用意してくれた。

『じゃあ、乾杯をしましょう』

妻が瓶ビールの王冠をあけ、私のコップに注《つ》いだ。私が返杯をする間に琴美はジンジャーエールを自分のコップに注いだ。

みんなの準備ができたところで、お互いが顔を見合わせてしまった。

『ほら、あなた。何か挨拶して、ちゃんと音頭をとってよ』

家族三人のささやかなお祝いの席とはいえ、あらたまった挨拶は苦手だ。

『ああ。琴美、卒業おめでとう。それに大学も。よく頑張った。とりあえず、乾杯』

妻と琴美が小さく『乾杯』と唱和してコップに口をつけた。大して強い訳でもないのに、私はコップの中身を一気に飲み干した。間違いなく、これまでの人生で一番うまい一杯だった。

『父さんも、おめでとう。仕事をしながら四年間も頑張りつづけるなんて……。昼間の大学に行かせてもらう私がサボる訳にはいかなくなっちゃった』

私のコップにお代わりを注ぎながら琴美がそんなことを言ってくれた。

『卒業は嬉しいような寂しいような……、複雑な心境だな。最初はちょっとしんどかったけど、授業は面白かったよ。多分だけど、仕事に活《い》かせそうだと思いながら聞いてるからだろうね。それに若い同級生がいっぱいで新しい友だちが増えたよ』

『そう言えば、最近ちょっと若返ったかも』

妻が赤飯をよそった茶碗《ちゃわん》を差し出しながら笑った。

『この歳になってしまったけど、母さんに背中を押してもらって大学を卒業できて本当に良かったと思う。そして、琴美には琴美の人生がある。明日から始まる東京での大学生活を目一杯に楽しみなさい』

『うん、父さん、母さん、ありがとう』

さっきまで気丈に振る舞っていた妻がエプロンの端で目元を押さえていた。

『けどな、辛かったら、いつでも帰ってきていいんだぞ。お前が希望した東京行きだから反対はしなかった。でも、本当は琴美を東京にやってしまうのは心配だし寂しい。ここで生まれ育って、ここしか知らない父さんには、東京は外国みたいな所だから……。お前の部屋は、これからもずっと、今のままにしておく。いつ帰って来ても、これまで通りに過ごせるようにしておくから。辛くなったら、いつでも帰ってきなさい』

『……はい』

やっとの思いで絞りだしたといった声が琴美の口から零れた。

『もう！　そんなことを言われたら余計に帰ってきにくくなるじゃないのねぇ。もう、せっかくのお祝いなのに、お通夜みたいな雰囲気にして』

『えっ！　お前が泣き出すから、こういうことになるんじゃないか』

『だって、琴美の顔を見てたら勝手に涙が出て来ちゃったんだもん』

『えーーー！　私が悪いの？』

それぞれの言い草に顔を見合わせて笑ってしまった。つい、この前と思っていたのに、あれから十年も経った。

ふと腕時計を見ると、写真を見始めて二時間近くも経っていた。写真とカードがならべられた台も、いよいよ残すところあとひとつとなった。

その台には【社会人になった私】というカードがあった。

【社会に出て、父さん、母さんの凄さが改めて良く分かった。仕事をするって、とて

も大変。きっと、私が知らない苦労を二人はたくさんしてきたんだろうな……。】

そのカードの隣には入社式だろうか、リクルートスーツに身を包み、固い表情の琴美の写真があった。さらに周囲には仕事中と思《おぼ》しき写真が何枚か。

「東京のような大都会で仕事をするなんて……、きっと琴美は大変だったろうな」

「そうね……。特にあの子の仕事は海外とのやりとりも多いそうだから、日本のやり方とは色々と違うこともあって気苦労も相当でしょうね」

写真を一枚、また一枚と裏返しては手に取って先へと進む。手元の単語帳は、リングがそろそろ一杯といった状態になりつつあった。

台の端までくると、これで最後といった様子で一枚のカードがあった。それには【大輔《だいすけ》さんと出会った私】とあり、続けて丁寧な文字がならんでいた。

【仕事を始めて三年目。異動先の上司として大輔さんと知り合った。仕事に厳しい人で、最初は苦手だったけど、何ごとにも真剣に取り組む姿に、だんだんと惹《ひ》かれていく私がいた。きっと、どこか父さんに似ているからだと思います。】

そのカードに添えるようにして置かれた写真には、何か打合せ中だろうか、スーツ姿の男性と話をしている琴美の姿があった。

「これが大輔君なのかな？」

「……う〜ん、多分」

琴美よりも、ひと回り以上も年長だと聞いていた。仕事はできるようで、海外の現地法人社長に抜擢《ばってき》されたという。二十代のころに一度結婚した経験があるそうだが、子どもをもうける前に離婚しているらしい。随分と歳が離れているが大丈夫だろうか、結婚生活に向かない人だから離婚歴があるのではないか……。あれこれと心配ばかり募るが、あえて口にはしていなかった。

二人の写真をリングに綴じると、ちょうど単語帳は一杯になった。それを妻に手渡しながら、窓際に置かれた大きな机の前の椅子にへたり込むようにして腰を降ろした。

「なんだか、疲れたよ……」

そう零しつつ、ふと机の端を見やると、ステンレスのお盆に置かれた珈琲カップや砂糖壺《つぼ》、ミルクピッチャーが目に入った。その傍らには魔法瓶が。

そして机の真ん中に、一通の封筒が置いてあった。それは、単語カードを届けるために使われていた小振りなものではなく、しっかりとした洋箋《ようせん》サイズだった。表書きには琴美の字で「父さん、母さんへ」と書いてあった。

もう一脚、机の前に置いてあった椅子に腰を降ろしながら、妻が封筒を手に取った。

「これも、あの子からだわ」

「字を見れば分かるよ……」

差し出された封筒を手にしながら応《こた》えた。

「ねえ、開けてみてよ」

裏返してみると、しっかりと封がされていた。

「なんだか、怖いな、読むの」

思わずといった様子で私が零すと、妻も深く頷いた。

「とりあえず、ご用意いただいている珈琲を飲みましょうか？」

私はぼんやりと封筒を眺めながら首を振った。

「いや、先に読もう。珈琲なんかを飲んでしまったら、余計に読むのが嫌になるよ」

丁寧なことに机にはペントレーが置かれ、その上にペーパーナイフがあった。優雅な曲線を描くナイフの先を封筒に差し入れると、手に心地よい抵抗を感じつつも、すっと切り開くことができた。

中からは二つ折りの洋箋がでてきた。オフホワイトの紙は厚みがあり、伸ばすと折り目が目立たなくなるほどに腰があった。インクは鮮やかだが、どこか深みがあって、夜空か深い海を思わせる色だった。

【父さん、母さんへ
私が生まれてからの二十八年間をふり返ってもらいました。

楽しんでもらえたかな？　私は楽しみながら写真を選び、メッセージを書きました。

最初に、結婚を許してくれてありがとう。

歳が離れているし、大輔さんには離婚歴もあるから、反対されると思ってました。

だから「おめでとう」と言われた時は、本当に嬉しくて、涙が零れました。

私が大輔さんを選んだのは、父さんと母さんのような夫婦になれそうだと思ったからです。どんなに大変な時も助け合う二人のような。

私が初めて英語でプレゼンテーションをしなければならなくなった時、
大輔さんは暗記用のメモを作ってくれました、単語帳で。

それを見て、私は父さんが作ってくれた単語帳を思い出しました。

「ここは一拍おいて！」や、「最初のアクセントを意識してハッキリと」とか、
細かなアドバイスが丁寧に書いてあって本当に参考になった。

それまでは少し苦手な人だったけど、そこから急に意識するようになりました。

来月からは東京よりも、さらに遠い外国です。
大輔さん以外に、ひとりも知り合いのいない土地で頑張れるか不安です。
でも、私は父さんと母さんの子だから、きっと大丈夫だと思います。
私たちも頑張って、父さんと母さんのような家庭を築きます。
なかなか小まめには帰国できないと思うけど、気長に待っていてください。
どうしても寂しくなったり、困ったことがあったら手紙を書きます。
できたら、返事をもらえたら嬉しいです。何度も読み返すことができるから。

最後にもう一度。二十八年間、お世話になりました。ありがとうございました。
私は父さんと母さんの娘として生まれてきて本当に幸せです。
きっと未熟だから、二人にはこれからも面倒をかけると思います。
でも、私なりに頑張りますので、これからもどうぞよろしく。

【琴美】

洋箋を妻に渡すと、私は黙って席を立った。窓の向こうを見ると、通りにはそよそよと心地よさそうな風が吹き、柳の葉がさらさらと鳴っている。ふと目を凝らすと、窓ガラスには双眸《そうぼう》を濡らす年老いた男の顔が映っていた。その顔が自分のものだと気が付くまでに、少しばかり時間がかかった。その情けない顔があまりにおかしくて、思わず噴き出してしまった。

「なに自分の顔を見て笑ってるんです？　ほら、ご用意いただいた珈琲でも飲んで、気持ちを落ち着けてくださいな」

妻が諭すような落ち着いた声をかけてきた。

「いつも思うけど、お前は冷静だよな？　あんな手紙を読んだのにビクともしない」

そう零しながらふり返ると、妻の頬も濡れていた。

「なんだ……、ちょっと安心した。俺だけが泣いているのかと思った」

「なによ、私だって泣くことぐらいあるわ」

「そう言えば、昔はよく泣いてたね」

妻は小さく笑うと魔法瓶から珈琲を注ぎながら首を振った。

「最近は、あなたの方が涙もろいと思いますけどね」

「……確かにな」

手の甲で涙を拭うと席に戻り、注いでもらったばかりの珈琲に口をつけた。

「おいしい」

思わず言葉が零れた。苦味と酸味がほど良く抑えられているのに、鼻に抜ける香りは芳醇《ほうじゅん》で、普段はインスタントや缶入りのものばかり飲んでいる私にも一口で上等であることが分かった。

「本当に美味しいわ。豆を買って帰ったら、同じような味を楽しめるかしら」

「どうだろうな、淹れ方にもコツがあるのかもしれない。飲みたくなったら、出前をとった喫茶店を教えてもらって、また銀座に出てくればいいさ」

ふたりで顔を見合わせてクスッと笑った。涙を流したら、なんだか気分が晴れた。

「なあ、相談なんだが……」

「なに？　あらたまって」

私はカップを机に置いた。

「明日、大輔君のご両親に初めてお目にかかるだろう？　実は挨拶をするためのメモを用意したんだ……、ネットで調べて、ごく普通のものをね。けれど、それでは琴美の親として恥ずかしいなって思い始めた」

「何か調べてるなとは思ってたけど、そんなことをしてたのね」

私は小さく頷いた。

「うん……、お前は忙しそうだったから」

「そう、ね。で、どうするの？」

「それを、どう直すかこれから一緒に考えてもらいたいんだ。どうも、俺は文才がない。お前は本を出さないかって言われるぐらいなんだ。知恵を授けてくれよ」

妻は目をぐるりと回した。

「もちろん一緒に考えるのはいいけど……。私も自信ないわ」

二人で固まっていると、後ろから声がかけられた。

「失礼します」

ふり向くと、階段口から宝田さんが近づいてくるところだった。

慌てて立ち上がると、「どうぞ、そのまま、そのまま」と促された。

「珈琲を召し上がっていらしたのなら、良いタイミングでした。そのポットを配達してくれた喫茶店からエクレアが届きました。一緒にどうぞ」

宝田さんは手にしていたお盆から、真っ白なお皿を私たちの前に置いた。

「あら、美味しそう」

妻が思わずといった様子で呟いた。

「はい、珈琲によく合うのです。一応、フォークを添えましたが、おしぼりを用意しましたので、手づかみでかぶりつく食べ方をお薦めします。甘さを抑えたカスタードクリームなのですが、それでいて濃厚で、シュー生地を包んでおりますビターなチョコレートとの組み合わせが絶妙なのです」

宝田さんは、ニッコリと笑った。

「何から何まで……。本当にありがとうございます」

席を立った妻が深々と頭をさげた。慌てて私も頭をさげる。

「どうぞ、お顔をおあげください。どれもこれも、琴美さんからご指定いただきました通りにご用意しただけです。本当にご両親想《おも》いの素晴らしいお嬢様ですね。なんでも、明日は結婚式を挙げられるとか。おめでとうございます」

横の妻に視線を送ると目が合った。私は小さく頷いた。

「その立派な娘に恥をかかせないような挨拶をしてやりたいのですが、私も妻もあらたまった席で挨拶をしたことなどありません。なので、途方に暮れているのです……」

宝田さんは私の言葉に柔和な表情を崩さずに小さく首を振った。

「私が思いますに……、どのような挨拶であれ、花嫁のご両親が一生懸命にお話しになれば、それはどれも素晴らしいものだと思います。ましてや琴美さんのような立派なお嬢様をお育てになったお二人なのです、胸を張って心の内をお話しなされば、それはきっと最上の挨拶になるはずです。形式にこだわらなくても良いと思います。一つひとつの言葉を吟味して、分かりやすいようにと心がければ十分です。もっとも、似たような悩みを抱えられる方は意外と多いようでして、当店に御相談いただくことが時折りございます。ですので、そのような経験を踏まえて少しばかりですが、お手伝いも可能かと。まずは、こちらにお掛けください」

促されるままに椅子に座り直すと、窓の外の景色が目に入った。すでに日は大きく傾き、銀座の路地を飴《あめ》色に染めていた。

＊　＊　＊　＊

銀座の路地裏にある文房具店『四宝堂』。その店主である宝田硯が通りを見やると、近所の喫茶店『ほゝづゑ』の看板娘の良子《りょうこ》が郵便局員から手紙の束を受け取っていた。

「硯ちゃん、お昼お待たせ。それと郵便屋さんに会ったから、これ受け取っておいた」

輪ゴムで留められた郵便物を硯に手渡すと、良子は会計カウンターの脇に小机を出し、クロスをかけて出前のサンドイッチをならべ始めた。その隣で郵便物の仕分けをしていた硯が一通の封書に気が付いた。

「へぇ、随分と遠くからだな」

そう呟くなり、レターナイフで開封した。

「誰からなの？」

「六月にご結婚された琴美さん」

「ああ、あの綺麗《きれい》な人。確か結婚してすぐに旦那様と一緒に海外へ行かれたのよね？」

「うん、そこから送ってくれたみたい」

封筒には便箋と一緒に写真が一枚添えられていた。それはウェディングドレスに身を包んだ琴美を真ん中に、両親である鉄男《てつお》と美穂が納まったものだった。三人の笑顔は穏やかで、見ている硯と良子の顔も思わずといった様子でほころんだ。

「うわー、綺麗……、いいなぁ。清楚《せいそ》な感じで、こんなシンプルなドレスもいいわよね？　それとも、やっぱり華やかな方がいいかな」

「さあ、俺に相談されてもね……」

「もう！　少しは興味をもってくれてもいいじゃない……。でも、こういうのは体のラインがはっきり出ちゃうからなぁ。頑張ってダイエットしないと無理だわねぇ」

そんな良子の言葉に素っ気ない返事をすると、硯は同封されていた便箋を開いた。それはブルーのインクで綴られており、その鮮やかな青は琴美が住んでいる遠い街の海の色を思わせた。

【前略　その節は大変お世話になりました。お陰様をもちまして、無事に結婚式を挙げることができました。ありがとうございました。

ここ数年、以前とは異なる父と母の関係に不安を覚え、そんな二人を残して海外へ移ることを躊躇《ためら》っていましたが、どうやら持ち直したようです。

私がぽろぽろと零す憂いに静かに耳を傾け、我が家のこれまでの歩みにそっと寄り添うようなご助言をくださり、本当に感謝しています。きっと、宝田さんにお世話をいただけていなかったら、我が家はばらばらになっていたと思います。本当にありがとうございました。

式のあいだ、父はずっと緊張していたようですが、最後に素晴らしい挨拶をしてくれました。たどたどしく、少しぎこちない様子でしたが、この父の娘に生まれて本当に良かったと思いました。

立派な挨拶だったよと父に伝えると、「宝田さん、それに母さんのお陰だよ」と笑っていました。そして「くれぐれも宝田さんによろしく」と。

本来であれば、そちらにお邪魔して御礼を申し上げるべきですが、生憎《あいにく》とままなりません。何時になるか分かりませんが、帰国しましたら必ず立ち寄らせていただきます。その際は、何卒《なにとぞ》よろしくお願い申し上げます。

草々】

硯は便箋を封筒に仕舞いなおすと「どうぞ、お幸せに」と呟いた。

「えっ？　なにそれ！」

「まあまあ」

東京は銀座にある文房具店『四宝堂』には、今日もゆったりと時が流れている。

ハサミ

「ねえ、晴菜《はるな》。これ、やっといてくれない？」

涼香《すずか》が私に箒《ほうき》を押し付けた。

「えっ……。なんで？　私、当番じゃない」

「私ら大切な用があるんよ。アクスタ付きは数量限定だから。ね、頼む、お願い」

涼香のグループの女子が固まって私に「頼む！」と拝みながら、そろそろと後ずさりし、教室のドアを抜けると廊下を駆けていった。遠ざかる足音と一緒に「大丈夫なん？　先生に言いつけたりしないかなぁ」「大丈夫っしょ」といった声が聞こえた。

私は小さく溜《た》め息《いき》を零《こぼ》すと、箒を教壇の隅に立て掛け、机を一つずつ後ろへと下げ始めた。これってイジメだろうか？　仲間外れにされたり、暴力を振るわれる訳ではないのだけれど、何かと面倒なことを押し付けられる。頼まれると断れない性格が良くないことは分かっている。けれど、私にはどうしようもない。

そもそも切っ掛けは、なんだったんだろう……。夏休みの前に「好きなアイドル」の話になった時に変なことを言ってしまったのが良くなかったのかもしれない。

ジャニーズやLDH、それに韓流《ハンりゅう》などの話で、みんなが盛り上がっている最中に『晴菜は？　誰が好きなん？』と急に振られた。

『えっと……、宮沢賢治《みやざわけんじ》と中原中也《なかはらちゅうや》』

咄嗟《とっさ》だったから、つい好きな詩人の名前を言ってしまった。少しは考えて知ってるアイドルグループの名前を口にすれば良かったと、すぐに後悔した。もっとも、そうなったら、そのグループの中で誰が推しなのか、とか、どの曲が好きなのか、など突っ込まれていたかもしれない。なので嘘《うそ》をつかなかっただけマシだと思うことにした。

それからネットで調べたのだろうか、時々「晴菜は『ゆあーん　ゆよーん　ゆやゆよん』だもんね」と、中也が『サーカス』で用いた一節を使ってイジられたりした。

別に仲間に入れてもらいたい訳じゃない。むしろ放っておいて欲しい。私からしたら、クラスのみんなは子どもっぽくて話にならない。両親を心配させたくないから学校には行ってるけれど、本当は一日も早くここから抜け出したかった。

早く大人になって働いて、自分の稼いだお金で本や文房具を好きなだけ買って、賢治や中也を馬鹿にしない大人の友だちと静かにお茶をするような生活をおくりたい。

そうだ、明日は職業体験実習だった。誰と一緒なのかは知らないけれど、私が大好きな四宝堂《しほうどう》という文房具店で職場体験ができることになっている。その楽しみなことを思いながら、私は叫びたい気持ちを胸の奥に閉じ込めて、淡々と押し付けられた掃除をこなした。

「よお、晴菜」

三橋《みはし》君が肩からリュックを降ろしながら声をかけてきた。私は思わず溜め息をついた。先生からは『もう一人誰が行くかは調整中だから。現地で待ち合わせてくれる？』と言われていたのだが、それが三橋君だとは思わなかった。

三橋君とは今年になって初めて同じクラスになった。サッカー部のエースで都の選抜選手にも選ばれるほど上手《うま》い。背が高く、運動神経抜群だから、女子からは絶大な人気がある。それに誰とでも仲良くなれる性格のようで、いつも皆の輪の中心にいて、私からすると、ちょっと眩《まぶ》し過ぎて、できれば一緒にいたくない。

「ここが『四宝堂』って文房具店か。初めて来たよ」

「えっ？」

思わず心の中で「来たことないの？　実習先に選んだのに？」と突っ込んだ。

「だいたいさぁ、ノートとかシャーペンなんかはコンビニとか百均で買えるじゃん？　そういう所で売ってないものはネットで頼むし。今どき、わざわざ文房具店に来る人なんているのかなぁ」

「はぁ……」

話にならない。もちろん、私だって、ちょっとしたものはコンビニで買ったりする。けれど、やはり長く使うことになりそうなものや、かわいいものが欲しい時は品揃《しなぞろ》えのしっかりした文房具店で選びたい。そもそも、特に買い物をするつもりがなくても、文房具店であれこれと眺めているだけで楽しい。だから、ここ『四宝堂』には、少なくとも週に一回は来ている。

私たちは円筒形のポストとならぶようにして店の入口を眺めた。よく磨かれたガラス戸に映る自分の制服姿をぼんやり見つめていると、中からおじさんが出てきて、すーっと流れるような足取りで私たちの前にやってくると頭をさげた。

「おはようございます」

慌てて肩からリュックを降ろし、私も頭をさげた。

「おっ、おはようございます」

横の三橋君も「まーす」と語尾だけ声を重ねてペコリと頭をさげた。

「三橋瑛太《えいた》さんに、田川《たがわ》晴菜さんですね？　お待ちしてました。ああ、ここで話し込んでしまいますと、往来される方の迷惑になりますし、ゆっくりできません。まずは、店内へお願いします」

おじさんは「さあ、どうぞ」と指先を揃えて腕を入口へと広げた。

「あざーす。おい、入ろうぜ」

こういう時も三橋君は全く物怖《ものお》じしない。

「さあ、田川さんもどうぞ」

促されるままに店内へと足を踏み入れた。

「うわー、広ーい！　晴菜、こんだけ高さあったらバドミントンできるんじゃねえ？」

「……う、うん」

本当は「あんまり大きな声をださないでよ！」と突っ込みたかった。もちろん、声にはならなかった。

私たちのやり取りに、後ろでおじさんが小さく笑った。このおじさんは、いつもやさしい笑みを浮かべながら、落ち着いた声で話しかけてくれる。薄い青のシャツに紺無地のネクタイ、灰色のパンツに黒い革靴と、一年中同じような格好をしている。でも寒くなると、カーディガンを羽織っていることが時々ある。

蛍光マーカーやノート、レターセットといった数百円の買い物しかしない私にも丁寧で、ぴかぴかの真新しい硬貨でお釣りをくれる。

「あらためまして、四宝堂文房具店の店主をしております、宝田《たからだ》 硯《けん》と申します」

驚いたことにおじさん、いや宝田さんは私たちに名刺を差し出した。お店と宝田さんの名前、それに住所とメールアドレスが刷られただけのシンプルな名刺だけれど、とっても品があって格好よかった。

「この字は〝けん〟って読むんですか？　〝すずり〟って字ですよね」

名刺を眺めながら三橋君が口を開いた。私もこんな風に気軽に話せたらいいな。

「はい、三橋さんがおっしゃる通りです」

「なんか、いかにも文房具店って感じの名前ですね。ああ、僕のことは瑛太って呼んでください。周りの大人はみんなそう呼びます。それに、敬語はやめてください。僕らは客じゃないんですから」

三橋君は何時《いつ》もの調子だった。本当なら「ねぇ、ちょっと、失礼よ」と袖でも引っ張りたいけれど、何にもできずに、ただ立っているのが精一杯だった。

ほんの一瞬、宝田さんはポカンとした顔をしたが、すぐに笑い出した。

「いや、失礼しました。我が母校の後輩たちはしっかりしていて実に頼もしい。いえ、自分でも分かってはいるのですが、仕事になると、どうしてもこのような口調になってしまうのです。それに……、古い考えかもしれませんが、どうにも下のお名前で呼びするのは、相当に親しくならないと失礼なような気がするのです」

少し困ったような顔の宝田さんは、ずっと年上のはずなのに可愛《かわい》かった。

そんな宝田さんの言葉に三橋君は首を振った。

「僕が通ってる中学や、卒業した小学校では下の名前で呼ぶのが普通です。せいぜい、それに〝さん〟をつけるぐらいですね。そうだよな？　晴菜」

「そっ、そうだね……」

そんなこと、ないと思うけれど……。否定するほどのことでもないかなと思った。

宝田さんは「そうなんですか？」と驚いた様子だった。

「だって、苗字《みようじ》は親の都合で変わることもあるでしょう？　それに両親が外国の人だったりすると難しい苗字だったりして呼びにくかったり、国によっては苗字がなかったり。なので、最近は先生も下の名前で呼ぶ人が多いんです」

「なるほど！　勉強になります」

三橋君は小さく頷《うなず》いた。

「もちろん、地域差はあると思いますよ。けど、僕の周りはだいたいそうです。それに、体験実習を受け入れてる訳だから、一日だけとはいえ、僕らの上司になるんでしょう？　気にしないで呼び捨てにしてください」

三橋君は貰《もら》った名刺をブレザーのポケットに仕舞いながらそんなことを言った。直接ポケットに入れたりしたら、折れ曲がったりするのになと思いながら、私は内ポケットから取り出した生徒手帳に名刺を挟んだ。

「そうですか……、では、今日に限って瑛太さん、晴菜さんとお呼びします。代わりにお二人も私のことは硯さんとお呼びください」

「硯さんかぁ……、なんかカッコいい。分かりました」

三橋君が真っ白な歯を見せながら笑った。

「それでは、まずは二階に荷物を置きに行きましょう」

硯さんの後について行くと、店の奥にある階段に進んだ。まだ開店前とあって灯《とも》された照明は少なく、窓から日の光が差し込む様子が良く分かった。

普段は『ワークショップ開催中！』であったり『本日のワークショップは終了しました』といった看板が掲げられ、客の立ち入りを制限している階段なのだが、今日はそれが端によせられていた。その脇を通って階段を上ると、途中に結構な広さの踊り場があり、店内を見下ろせるようになっている。

もう何年も前のことだけれど、工作のワークショップに参加したことがあり、一度だけ、この場所から店内を見下ろしたことがある。その時にも置いてあった小さなテーブルと椅子が同じ場所に今日もあった。

「なんか、いいっすね」

三橋君が遠慮なしにドカッと椅子に座って手すり越しに店内を覗《のぞ》き込んだ。

「あっ、そんな……、勝手に座ってもいいの？」

私にしては珍しく思ったことがすぐに言葉になった。それぐらい驚いた。

「いえ、どうぞ、遠慮なく。晴菜さんもこちらへどうぞ」

硯さんが三橋君の向かい側の椅子を引いてくれた。

「いいんですか？」

「はい、もちろん。実は何十年と当店を贔屓《ひいき》にしてくださっている常連のお客様の中に、ここに座って珈琲《コーヒー》を飲まれるのが好きな方がいらっしゃいます。その方などは、ぼんやりと一時間ぐらい店内を眺めておられます。私は貧乏性なので、五分と座ってはいられませんが」

「確かに。僕も、もういいや。こっちですよね？」

三橋君はすぐに立ち上がると勝手に二階に続く階段をあがって行ってしまった。せっかく座らせてもらったのに……、そんな私の表情を読み取ったのか、硯さんが小さく頷いた。

「またゆっくりと座りに来てください。晴菜さんも当店の御常連ですから」

「えっ？」

「月に数度お見えになりますよね？　レターセットやペンといった物をお買い求めになることが多いかと。そうそう、お正月には万年筆をお買い上げいただきました」

　驚いた。私のことを覚えているとは思わなかった。


　今年のお正月、私はお年玉を使い奮発して万年筆を買った、この四宝堂で。その時、硯さんには、あれこれ一時間ぐらい相手をしてもらった。

『こちらはパイロットのカスタム　742という商品で、ペン先の種類が充実しております。まず基本となる六種類に加えてソフトタッチな物が三つ、少し特殊なペン先が七つと、合計十六種類もございます。ぜひ、それぞれをお試しになり、一番しっくりとくるものをお選びください』

　そんなことを言って、一つひとつのペン先を説明しながら試し書きさせてくれた。硯さんは、私が書いている様子をじっと見つめ、『これが書きやすいような気がします』と差し出すと、深く頷いた。

『ミディアムですね。やや立ててペンをお持ちになっていますので、よろしいかと。もし手帳などに細かく書き入れることにお使いになるのであれば、細字のファインや、ファインミディアムなどもお薦めです。しかし、お手紙やノートなどに、少し大きめの字でお書きになるのであれば、ミディアムがよろしいかと』

これまで何かを買う時に、これほど真剣に品定めをしたこともなければ、ここまで丁寧に付き合ってくれるお店も初めてで、ドキドキしたのをよく覚えている。

二階の小上がりのような畳の上にリュックを置き、学校から渡された『職場体験実習中』という腕章を制服の左袖に安全ピンで留めると、三橋君と一緒に一階に降りた。先に降りていた硯さんはレジ前の少し広いスペースでタブレットを片手に待っていた。

「最初に白状しておきますが、普段は一人で働いていますので、これからやるようなことは特にしてません」

「これからやることって、何ですか？」

先ほどまでに比べると、少しだが口調が柔らかくなった硯さんに三橋君が尋ねた。

「はい、まずはラジオ体操をして、それから朝礼のようなものをやってみようかと。いきなり仕事をしていただくとなると、学校に提出しなければならないレポートを書く時に、色々と支障があるような気がしまして……」

「ラジオ体操は賛成、でも朝礼はやらなくてもいいんじゃないですか？　体を動かす前は、やっぱ、ちゃんとストレッチなり何なり、準備運動をしないと。だからラジオ体操をするのはいいと思います。でも、朝礼は眠くなるだけだから反対」

三橋君がのん気な声で意見を言うと、硯さんは深く頷いた。

「では、そうしましょう。と、言いますか、ホッとしました。なにか、それっぽい訓話と言いますか挨拶のようなものをしなければならないのかと気をもんでいました」

思わず三人で顔を見合わせて笑った。

「じゃあ、とりあえずラジオ体操をやりましょう」

そう断りを入れると硯さんはタブレットを操作した。ほどなくして聞きなれたメロディが流れてきた。

「不思議なものですね……、何年ぶりだろう？　と思うぐらいに久しぶりなのですが、ちゃんと体が覚えてます」

硯さんは両手を振りながら口を開いた。

「どれぐらいぶりなんですか？」

三橋君がびっくりするぐらいに深々と体を折り曲げながら尋ねた。この人の運動神経は学校一で、ラジオ体操みたいなものでも、その片鱗《へんりん》を覗かせる。一応はバドミントン部に所属してはいるけれど、全く試合に出してもらえない私とは大違い。

「うーん、この店に戻ってくるまではホテルに勤めていたのですが、そのころは毎日してましたので……、十年ぶりぐらいですかね」

「へぇー」

私と三橋君の声が重なった。なるほど、こうやって体操をしながら他愛《たわい》のない話をして、大人は互いの距離を縮めるのかもしれない。

「あっ、あの……、なんで今年から体験実習を受け入れてくれたんですか？」

私は思い切って尋ねてみた。硯さんは最後の深呼吸で息を整えながら頷いた。

「はい、前々から要請はもらってたんです。けれど、周りにはたくさんお店がありますから、当店が対応しなくても何とかなるだろうと思っていたのです。しかし、銀座も個人で経営している店が随分と減り、さらに後継者不足で閉店するところも増えました。そんな訳で受け入れをするお店が減っていると聞きまして、これは卒業生としても、いよいよ参加しなければと思ったのです。もちろん、大手の百貨店やレストランなどが大人数を受け入れてくれるそうですが、そうしますと、どうしても似たような体験ばかりになってしまうでしょう？　なので、当店のような零細企業をご覧いただくのも、いいかな、と思いまして。ちょっと恥ずかしいような気もするのですが」

四ヶ月ぐらい前だった。学校で秋に実施する体験実習の訪問先希望を調査するプリントが配られた。例年、協力しているという警察署や消防署、駅、病院、百貨店、宅配の配送所、保育所、レストランといった所にならんで「小売業・四宝堂文房具店」と書かれていたのを見つけた時は、思わず「えっ！」と声が漏れた。それぐらい嬉《うれ》しかった。

「それにしましても……、先生方に伺ったのですが、当店の応募倍率は一倍だったそうです……。瑛太さんと晴菜さんが申し込んでくれなかったら定員割れになるところでした。いや、本当に冷や冷やしました」

びっくりした。まさか、そんなに人気がなかったなんて信じられない。

「いや、僕は自分から応募した訳じゃないんで。希望の紙を提出し忘れて、先生に『お前は自動的に四宝堂な！』って」

そんなことは硯さんに言わなくてもいいのに……と思って、三橋君を睨《にら》みつけた。

「ああ、やっぱり……。何が良くないのかなぁ？　店名が古臭いからでしょうか？」

「確かに『四宝堂』はなんか、ちょっと堅苦しいっす」

三橋君の言葉に思わず口を開いた。

「そんなことないです！　私は四宝堂って名前、大好きです。文房四宝からとったと思うんですけど……。歴史を感じて、銀座っぽくていいと思います。みんな、仲の良いグループで同じところに行きたいから募集人数が多いところに申し込んでるだけです。それか、子どもが好きだから保育所とか、賄《まかな》いに美味《おい》しいものを食べさせてもらえそうだからレストランとか……。ああ、あと、昨年までの先輩の実習レポートが図書室に残ってますから、その辺を見て、何となくイメージが湧くところに応募する子も多いと思います。だから……その、きっと、来年からは凄《すご》い倍率になると思います」

三橋君が目を見開いていた。

「晴菜がそんなに熱くなるの、初めて見た気がする」

「そっ、そんなこと、ない」

急に恥ずかしくなった。でも、確かにそうだ。今日の私はどうかしている。

「ありがとうございます。ほんとうに二人が来てくれて良かったと思います。率直に色々と教えてくれる瑛太さんに、あれこれと当店を想《おも》ってくれている晴菜さん。四宝堂の第一回体験実習を迎えるにあたり、お二人以上に相応《ふさわ》しい方はいないでしょう」

硯さんは深く頷きながら、そんなことを言ってくれた。

「なんか、結局、朝礼っぽくなっちゃったような気がする」

三橋君が笑いながら零すと「確かに」と硯さんが相槌《あいづち》を打った。

こんなにも優しく、それでいて子ども扱いをするわけでもなく、しっかりと一人の人間として向き合ってくれる大人と初めて会った。学校の先生や、バドミントン部のコーチの中には、硯さんと同じぐらいの年格好の人もいるけれど、みんな一方的な話をしたり、怒ったりするだけで、こんなにちゃんと私の相手をしてくれる人はいない。

「さて、それでは始めましょう。こちらにお願いします」

硯さんの後についていく。これまでに何度も来たことのある店内だけど、お客さんとしてではなく、体験とはいえ働くとなると、なんだか、ちょっと違って見えた。

商品がならべられた陳列棚はしっかりと掃除がなされていて、埃《ほこり》ひとつ見当たらない。閉店後に手直しするのか、商品はどれも正面を向いてきちんと整列し、その先頭には商品名と値段が記された手書きの値札があった。

後ろから付いてくる三橋君が私の視線に気付いたのか、大きな体を屈《かが》めて陳列棚に顔をよせた。

「いちいち手書きしてるんですね。てっきり手書き風の印刷だと思った」

「はい、実は試行錯誤の結果、手書きに行き着いたのです。最初はスタンプで値段だけを記したものを使っていたのですが、お客様が手に取った際に、位置がずれたりしますと、どの商品の値札なのか分からなくなりまして……。そのようなことがありましたので、商品名を書き添えたものを活版印刷機で刷ってみたのですが、どのようなフォントを使いましても、しっくりこず……。そんな訳で、結局、丁寧に手書きするのが良いという結論になりました。ああ、台紙やインク、文字の大きさや線の太さなどは、あれこれと試してみた結果なのですが」

「へぇ。けど、気になった物だとパッと目に飛び込んでくるのに、そうでもないものは目障りにならない……、不思議ですね。やっぱり人の手で書いたからかな？」

今のは私が言いたかった！　と心の中で叫びつつ、小さく頷いて三橋君に同意した。

「そう言っていただけると苦労した甲斐《かい》がありました。よそのお店に客として行きましても、どうも陳列方法や値札といった細かなところにばかり目が行きます。文房具店はもちろんですが、洋服を扱う店や書店、それに飲食店でも。どこへ行っても、そんなところばかり見てしまいます。時々、親しい友人に『普通に買い物できないの？』と呆《あき》れられます」

そんな話をしているうちに、私たちは通りに面した大きな窓の近くにある売り場の前までやってきた。その売り場は家のダイニングテーブルぐらいの台で、奥の棚と接する面には一メートルほどの幅のボードが付けてあり『秋の行事、お助けします！』と大きく書いてあった。

「さて、お二人にお願いしたいお仕事ですが、それは催事売り場の入れ替えです」

「催事売り場の入れ替え？」

私と三橋君の声が重なった。

硯さんは深く頷くと、売り場の前を行ったり来たりしながら言葉を続けた。

「催事とは特別な売り場のことです。ちなみに、催事以外は『定番売り場』と呼びます。定番売り場は、基本的に決まった場所に決まった商品をならべておりまして、一旦取り扱いを決めた商品は、少なくとも半年間はその場所に置くことにしています」

「へぇ、そうなんだ」

三橋君が何気なく相槌を打った。

「はい、対して催事売り場は月に一回ぐらいの頻度で商品の入れ替えをしています。ちなみに当店には催事売り場は全部で三つあるのですが、ここは一番大きなものになります。なんと言いましても、入口からもよく見える場所ですし、通りに面して明るいので多くのお客様がお立ち寄りになります。そんなこともありまして、ここに何をならべるかによって、その月の売上が大きく左右されると申しても過言ではありません」

「……そんな大事な売り場を私たちに手伝わせて大丈夫ですか？」

不安になり思わず口を開いた。

「『お手伝い』ではなく、『お任せする』つもりなのですが？」

硯さんが柔和な笑みを口元に浮かべながら答えた。

「えっ？」

「ですから、お二人にこの催事売り場を作り変えていただきたいのです」

私と三橋君は顔を見合わせた。そんな私たちに頓着せずに硯さんは話を続けた。

「まずお二人には、店内にある商品の中から、この売り場にならべると良いなと思うものを選んでいただきます。何らかのテーマにそって選んでも構いませんし、単純に好きな物を集めても構いません。次に、選んだ商品がより魅力的に見えるような陳列方法を考えてください。併せて販売促進につながるようなボードや商品説明のアテンションなどもお作りいただきたいのです」

「いわゆるポップってやつですか？」

三橋君が口を挟んだ。私が知らない単語を諳《そら》んじる姿が、ちょっと格好良く見えた。

「はい、よくご存じで。ポップとは『ポイント・オブ・パーチェス』の頭文字をとったもので、『POP《ピーオーピー》』と言っても小売業に従事する方には通用すると思います。このPOPは、商品の特徴などについて、お客様にお知らせする役割を担っており、非常に強力な販売促進効果があると言われています。ぜひ、お客様が思わず足を止め、商品を手に取りたくなるようなPOPを考えていただきたいのです」

私と三橋君は、また顔を見合わせた。三橋君の顔には「まじ？」と書いてあった。

「あの、どれぐらい時間をかけていいんですか？」

「そうですね、今日中に終われば十分です。ああ、先生から『十二時から一時はお昼休み』と伺っています。なので、その時間はちゃんと休憩をしてください。それとお帰りになるまでに三十分ほどレポートを書く時間に充てなければなりません。なので、午後四時半には完成を目指すとして、午前と午後とを合わせて六時間ほどかと」

「六時間……」

また三橋君と声が重なった。しかし、その後に続く言葉は全く違った。

「そんなにあるなら楽勝！」

「たったそれだけ……」

余裕たっぷりな三橋君の声に、私の小さな声はかき消されてしまった。

私たちの言葉に硯さんは深く頷いた。

「作りたい売り場のイメージさえできれば、作業そのものは二～三時間で終わると思います。問題は、どんな商品を選び、どのように陳列するかという方向性を決めることです。ちなみに昨日までは、このボードにあるように『秋の行事、お助けします！』というテーマでした。なので、基本的にお二人が好きな売り場をお作りいただいて構いませんが、これとはかぶらないものでお願いします」

硯さんが説明したとおり、売り場には文化祭や運動会、社会科見学、それにお彼岸や紅葉《もみじ》狩《が》りなど、秋の行事やイベントに使いそうな文房具や雑貨が、あれこれとならべてあった。集められた商品には、名刺ぐらいの大きさのPOPが添えられていて、一枚一枚、丁寧な文字で商品特徴が書いてあったり、使うと便利なシーンを連想させるイラストが描かれていた。

「えっと、じゃあ、これを片付けて、新しいものを考えてならべるってことですね？」

私は腕時計に視線を落としながら尋ねた。のんびりと話し込んでいる場合ではない。すでに五分近くはロスしていることになる。

「いいえ、こちらにならべてある商品は私が片づけます。おそらく撤去そのものは三十分とかからずに終わると思います。その間にお二人には何をならべたら良いのかを考えていただきたいのです。ああ、その前に店内をご覧になって、どのような商品があるのかを把握する方が先かもしれません。もっとも、晴菜さんは当店の品揃えについて、よくご存じですから、そのような下見は不要かもしれませんが……。いずれにしても時間配分はお二人で相談して決めてください。休憩や昼食の時間になりましたら声をおかけします。何か質問はございますか？」

硯さんの声に三橋君が「はい！」と手をあげた。

「はい、瑛太さん」

先生のような雰囲気で硯さんが応《こた》えた。

「開店は何時ですか？」

「十時です」

端的な答えに三橋君は深く頷きつつ言葉を返した。

「お客さんから何か質問されたらどうしたらいいですか？」

「すぐに私をお呼びください。接客は難しいと思いますので、お二人にお願いする予定にはしておりません」

「良かった……、なんか難しいこととか聞かれたら、どうしようかと思ってた。でも、お客さんの前で硯さんとは呼べませんよね？」

「大丈夫です。大きな声で『すみませーん』とでも声をかけていただければ、飛んでまいります」

「なんか、硯さんが言うと、本当に飛んできそうですね」

二人が話している様子は、若い叔父さんと甥《おい》っ子か、年の離れた従兄弟《いとこ》のようだ。なんだか私だけ仲間外れにされたみたいで、面白くない。

「よし。じゃあ、始めようぜ」

三橋君がそう声をかけると、硯さんは「ちょっとお待ちください」と声をかけ、催事売り場の土台の引出しから、滑り止めのついた真新しい軍手を二つ取り出し、私たちに手渡した。

「商品に触れる際はお手数ですが、その軍手を必ずしてください」

「指紋がついたりして商品が汚れるからですか？」

三橋君が手に軍手をはめながら口を開いた。

「それもありますが、紙で手を切ることがあるからです。それに棚の角に手をぶつけたり。そんな時も軍手をしていると守ってくれるのです」

硯さんの両手には、いつの間にか同じ軍手がはめられていた。

「私もこのように必ず軍手をはめて作業をするようにしています。何度か素手で作業をしていて、段ボールの縁でバッサリやってしまったり、レポート用紙の表紙でスパッとやったり……。刃物で切ってしまうのとは違う痛さがありますし、意外と治るまでに時間がかかり厄介です。くれぐれも用心してください。では、仕事に取りかかってください。よろしくお願いします」

「はい」

私と三橋君の声が、はじめてきれいにそろった。私たちの顔を見ながら深く頷くと、硯さんは催事売り場の商品を片付け始めた。

そのテキパキとした硯さんの手つきには一切の無駄がなく、作業をしているだけなのに、ダンスか手品を見ているようだった。できれば、このまま、きれいに片付くところまで眺めていたい。

「おい、晴菜、晴菜ってば」

三橋君の声で我に返った。

「えっ、ああ、うん、はい。なに?」

「なにじゃないよ。さっき説明されたときは六時間しかないって悲鳴をあげてたくせに、何をぼんやりしてるんだよ。で、どうする?」

「どうする？　って言われても……。三橋君こそ、さっきは楽勝みたいなことを言ってたじゃない。何かアイディアがあるんでしょう？」

三橋君はキョロキョロと店内を見回した。

「アイディアなんて、ある訳ないじゃん。だいたい、この店に来たのは今日が初めてなんだから。ああ、そうだ。その三橋君っての、やめてくれない？　俺が大嫌いだった塾の先生が『三橋君！』って呼ぶんだけど、それを思い出す。普通に瑛太でいいよ。で、晴菜はここに何度も来たことがあるんだろ？」

「まあ、来てるけど……。誰かにこんなのがいいって提案できるほどでもない」

三橋君は「なんだ……」といった顔で私をちらっと眺めた。その顔を見て、私は思わず溜め息が零れた。私みたいな奴《やつ》が「瑛太」なんて呼び捨てにしてるところを他の女子に見られたら、どんな騒ぎになるか、この人は全く分かってない。まあ、けれど、今日のところは他に誰もいないから気にしないことに決めた、私も瑛太と呼ぶことにしよう。

瑛太は通路の隅に置いてあった買い物籠《かご》をひとつ手にとった。

「まあ、いいや。とりあえず、店内をぐるっと一周しようぜ。何が置いてあるか見てみよう。あの、硯さん。この籠、使っていいですか？　気になった商品を集めるのに使いたいんです」

「もちろん。ひとつと言わずに二つでも三つでも、必要なだけお使いください」

硯さんの温かな視線を背中に感じながら、私は瑛太を追いかけた。


結局、店内を一周し、気になった商品を集めるだけで一時間以上かかった。少し前に開店時間を迎えており、直後から何人ものお客さんがやって来た。忙しそうに会計をする硯さんを横目に催事売り場に戻ると、陳列されていた商品はきれいに片付けられ、申し訳なさそうな顔の猫と兎《うさぎ》が『只今《ただいま》、作業中』と書かれた看板の前でお辞儀をしているプレートが置いてあった。

「さて、どうしようか？」

左右の手に提げていた買い物籠を催事売り場に置きながら、瑛太が私を見つめた。

「どうしようって言われても……」

言い淀《よど》んでいると、硯さんが顔を出した。さっきまでレジでお客さんの相手をしていたのに、いつの間に。

「随分と収穫があったようですね。お二人に『特に気になる商品はなかった』と言われたら、どうしようかと思っていたのです」

瑛太は「んな訳ないっしょ！」と大袈裟《おおげさ》な反応をした。その様子に呆れながら私は口を開いた。

「けど、次はどうしたらいいですか？　ここで広げる訳にも行かないし……」

硯さんは小さく頷くと天井を指さした。

「では、二階にまいりましょう。そこで陳列方法などを検討し、準備をしてから展開する方が、お客様の迷惑になりませんし、ゆっくり作業ができると思います」

二階にあがると硯さんは荷物を小上がりの上に置き、手前の台を指差した。二階には大きなキャスターのついた作業台が六つ、ロの字型に置いてあった。

「とりあえず、選んだ商品をこちらの台にならべてください」

私と瑛太は手分けをして二つの買い物籠の中身を作業台のひとつにならべた。その間に、硯さんは別の二台を使って催事売り場に見立てた作業スペースを作った。

「さて準備はできました。ところで、陳列のコンセプトは決まりましたか？」

瑛太と私は顔を見合わせた、今日何度目だろう。

「それが……、気になったと言いますか、私が欲しいなと思った物を選んだだけで」

私が歯切れ悪く答えると、瑛太が口を挟んだ。

「ってか、こんなに色んなものがあるんだなぁ……っていうのが正直な感想です。それに、『こんなの、誰が買うの？』って思うものも結構ありました。あの、仕入れてはみたけれど、一つも売れてないってものも、結構あるんじゃないですか？」

毎度ながらの瑛太の率直な物言いだったけど、だんだんと私も慣れてきた。

「痛いところを突かれました。もちろん、なかには年にひとつ売れるかどうかといった商品もございます。けれど、できれば『こんなもの、ありますか？』と困り果てて当店にお見えになったお客様には、その場ですぐに品物をお渡ししたいのです。銀座という場所柄もあるとは思うのですが、商用で『すぐに欲しい！』と駆け込んでこられる方も多いので」

瑛太が「やさしすぎます！」と突っ込み、さらに続けた。

「毎年、実習を受け入れているお店だったら『去年の先輩は、どんなテーマだったんですか？』って聞けばいいんだろうけど……。僕らが初めてだからなぁ」

この瑛太の言葉に硯さんが口元を綻《ほころ》ばせた。

「残念ですが私は天邪鬼《あまのじゃく》な性格でして……。仮に先輩方を受け入れていたとしても、お教えしないと思いますね。なんと言いましても、自分で一から考えるところに、売り場作りの面白さがある訳ですから。それに、私としましては、中学二年生ならではの売り場が見たい訳です。大変でしょうけど、悩み抜いてください」

「うーん、そうは言いつつ……。なんか、基準になっちゃう訳ですよね、僕たちが作った売り場が、来年以降の後輩たちにとって」

瑛太がぼやくと、硯さんは大きく首を振った。

「そんなに重く考えないでください。それに気になるところがあったら、私が最後に手直しをします」

「本当ですね。なら、まあ、やってみればいいか。けど、そもそもですけど……、普段、硯さんはどんなことを考えて催事売り場を作ってるんですか？」

そうか、素直にヒントをもらえばいいんだ。瑛太の声で気が付いた。

「そうですねぇ……。瑛太さんが言っていたように、当店には色んな商品があります。なので、『こんなものもございますよ！』といった、普段、なかなか指名買いの入らない隠れた品に光を当てるように心掛けています」

「なるほど……」

私と瑛太の声がまた重なった。

「けど、やっぱり、もっと品揃えを絞ったらどうなんですか？　そりゃあ、硯さんが言ってた『すぐに欲しい！』っていうお客さんのためにってのは分かるけど……。逆に、種類があり過ぎて選ぶのが大変だと思いますけどね」

私はその声に首を振った。

「言ってることは分からないでもないけど……。やっぱり実際に手に取って、色々と確かめてから私は買いたいかな」

意見をしている私に、自分でもちょっと驚いた。そんな私を瑛太はちらっと見た。

「今どきは、写真だけじゃなくて、使ってる様子を撮った動画が見れたりするし、実際に手に取らなくても確かめられると思うけど」

同い年のはずなのに、ぜんぜん考え方が違う。

「あの……、それは三橋君……、じゃなくて、瑛太が何でも器用にできるからだと思う。私は不器用だから……。せっかく買ったのに上手に使えなくてガッカリしたことが何度かある」

「どういうこと？　ああ、晴菜は左利きだったね」

単純にそういうことだけではないし、それに、その軽い口調に戸惑った。

「うん、まあ……」

瑛太は私の顔をじっと見た。

「なんか、言い足りなさそうな顔だね。で、何が大変なん？」

その瑛太の声に、なんだか素の自分を出せそうな気がした。ちらっと硯さんを見やると、興味深そうに私たちの様子を眺めている。

「……そうだね、例えば、ハサミ」

「ハサミ？　ああ、そう言えば、さっき売り場にも左利き用のハサミがあったよね？　確か、ピカップしたような」

時々、瑛太は英語が混じる。しかもピックアップでなくピカップだ。帰国子女でもないのに英語の発音が上手で、ネイティブの英語の先生によく褒められている。『だって、将来は海外のプロリーグで活躍するつもりだから。英語ぐらいできて当たり前じゃん』と事もなげに言ったりする。

「これ、ですね」

硯さんが台にならべた商品から左利き用のハサミを取り上げた。

「ああ、それそれ」

瑛太が頷くと、硯さんは商品の包装を解き始めた。

「えっ？　あ、あの」

私が慌てて声をかけると、硯さんは「大丈夫です」と笑い、言葉を続けた。

「見本として売り場に展示しようと思っていたのです。さあ、瑛太さん、これを右手に持って何かを切ってみてください。えーっと、ちょっとお待ちください」

硯さんは、ハサミを瑛太に渡すと、小上がりとは反対に設《しつら》えられた引出しから、紙を一枚取り出し、奥にあった大きな古い机の上でなにかを書きつけた。

「お待たせしました」

差し出された紙には波のような曲線が鉛筆で描かれていた。

「では、線に沿って切ってみてください」

瑛太は言われた通りに紙にハサミを入れた。

「あれ？」

ほんの少し切り進むと、途中でぐにゃりと紙が歪《ゆが》んでしまった。

「慌てずに、ゆっくりで大丈夫ですよ」

硯さんの言葉に頷くと、瑛太はあらためて紙にハサミを入れた。今度は、ゆっくりと二つの刃で紙を垂直に挟むようにして切り進む。

「あれ？　うーん、むずい」

曲線を刃先でなぞろうとしているようだが外れてしまう。

「結構、難しいでしょう。貸して」

私は瑛太からハサミを受け取ると、左手に持ち、すいすいと切った。

「まあ、晴菜は左利きなんだから、うまくて当たり前だよね」

瑛太の口調は負け惜しみたっぷりだった。

「けど、普通のハサミと左利き用のハサミって何が違うんですか？」

私が台の上に置いた左利き用のハサミをしげしげと眺めながら瑛太が尋ねた。

「『普通のハサミ』って言い方はちょっと。まるで左利きが普通じゃないみたい」

気が付いたら言っていた。その声の強さに自分で驚いた。

「言葉の綾《あや》ってやつさ。えーっと、右利き用と左利き用で何が違うんですか？」

言い直した瑛太に深く頷くと、硯さんは「少々お待ちください」と断って、奥の机の引出しから、ハサミをひとつ取り出した。

「これは右利き用のハサミです。で、こちらは先ほど試してもらった左利き用のハサミです。さて、何が違うでしょう？」

台の上にならべられた二つのハサミはメーカーが一緒なのか、パッと見たところ違いがあるようには見えない。

瑛太は二つのハサミを手にとって「うーん」と考え込んでいた。

「この二つはプラス社の『フィットカットカーブ スタンダード 抗菌グリップ』という商品です。普段使いにちょうど良い大きさとあって、定番品として当店でも根強い人気がございます」

「あっ！」

硯さんの説明を聞いていなかったのか、不意に瑛太が声をあげた。

「分かった、上と下の刃が逆になってるんだ」

「はい、おっしゃる通りです」

硯さんは深々と頷くと、右利き用のハサミを手にとって説明を始めた。

「瑛太さんが気が付かれたように、ハサミは上と下の二つの刃で切るものを挟みます。ハサミには指穴が二つありますが、親指の指穴とつながった刃を『動刃《どうば》』、もう一方を『静刃《せいば》』と呼びます。この二つの刃は、ひとつの点で交わるように角度がつけてあります。この刃と刃が交わる点を接点と呼びます。この接点で物を押し切っているのです。この動刃と静刃をつないでいるネジを要《かなめ》と呼びますが、要を外してそれぞれの刃だけを紙に押し付けても切れません。ハサミは上下二つの刃の力が一点に集中した時に、はじめて切れるようになっているのです」

「へー」

瑛太と二人して間の抜けた返事をした。これまで、なんでハサミが切れるのかなんて、考えたこともなかった。

「ですので、右利き用のハサミは右手で握ったときに、接点に向けて手の力が集中するように調整されています。しかし、これを左手で使いますと、どうしても人の手の構造上、外へ外へと力が逃げてしまうのです。なので、余程に使い慣れていないと、左手で右利き用のハサミを使って物を切るのは難しいのです」

「ふーん、そうなんだ。知らなかった」

瑛太が感心したような声を漏らした。

「ちなみに、右利きの人が、右利き用のハサミを持って紙を切っているとします。この場合、手のひらは自然と左側を向きますので、ハサミの左側から接点を見ながら切り進むと楽に作業ができます。もし、左利きの人が右利き用のハサミを左手で使った場合、手のひらは右側を向いているのに、反対側である左側から接点を見て切り進めなければなりません。多くの場合、ハサミを持つ手とは反対側で紙なり布なりを持ちますので、体の中心線から逆側に向けて作業をするのは、相当に疲れることになると思います」

瑛太は、二つのハサミを交互に持ち替えながら、硯さんの説明を聞き終え、「なるほど……。こりゃあ、大変だ」と私の顔をちらっと見やった。

「……うん」

「あのさ、学校のハサミは右利き用ばっかりだよね？　自分の道具箱には左利き用のハサミを用意してるのかもしれないけど……。図書室とか美術室とかで、急に使うことになった時はどうしてるの？」

ちょっとだけれど、瑛太の声が優しくなったような気がした。

「まあ、ちょっとぐらいなら、右手でハサミを使うようにしてる。それにお箸と鉛筆は小さなころにお祖母《ばあ》ちゃんに『右手で使いなさい！』って躾《しつ》けられて、使えるようになってるから」

「でも、バドミントンのラケットは左手で使ってるよね？」

少し驚いた。私の部活の様子を瑛太が知ってるなんて。ドギマギしたのを気取《けど》られまいと、私は早口で短く応えた。

「うっ、うん。まあ……」

瑛太はあらためて二つのハサミを見比べた。

「三橋く、いや、瑛太はなんでも器用にできるから……。文房具を使うのに苦労する人がいるなんて、やっぱり想像できないでしょ？」

「そんなこと、ないと思うけどなぁ……。そう言えば、さっき不器用だから文房具を上手に使えなくてガッカリしたことがあるみたいなことを言ってたけど、他にどんなことがあるの？」

頭ひとつ分は大きい瑛太を、私は見上げた。

「私、体が小さいでしょ？　だからかもしれないけど握力とか腕力が人より弱いの。時々だけど、みんなができることなのに、私には難しいってことがあったりする」

「ふーん、例えば？」

「……例えばって、急に言われても、すぐに思い出せないけど。あっ！　この前、社会科見学のレポートを班ごとに模造紙にまとめる課題があったでしょ？　あの時に油性ペンのキャップが固くて外せなかった。結局、山田《やまだ》君が開けてくれたけど……。そう、思い出した。セロハンテープを切るのも苦手。いっつも力加減が難しくて、引っ張り過ぎて長くなっちゃう。それに、上手く台の歯で切れなくて、ギーッってなったり。本当に文房具を上手に使いこなすのも才能だと思う」

なぜだろう、瑛太がやさしい眼差《まなざ》しで時折り頷いたりしながら聞いてくれてるからだろうか。話したいことがちゃんと話せた。

私たちの話を静かに聞いていた硯さんが何かをそっとメモした。

「あの、僕ら、何か変なことを言いました？」

思わずといった様子で瑛太が尋ねた。

「いえいえ、とんでもない、変なことなど何も。むしろ良い議論をお二人でなさっていたのでメモをさせていただきました。とても勉強になります。私をはじめとする大人は、忙しさを言い訳に『これは、こういうものだ』と決めつけて、漫然とやり過ごしていると反省しました。それに比べて晴菜さんと瑛太さんは素晴らしい意見交換をなさっていると思います」

瑛太が照れ臭そうに「へへ！」と笑った。

「あの……、本当にそう思いますか？　無理に褒めようとしてませんか」

私は思い切って尋ねた。

「いえ、本当に良いと思いました」

「じゃあ、じゃあですけど……。『誰でも使いやすい』っていう催事売り場があっても変じゃないですよね？」

「なるほど……。面白いと思います」

硯さんの返事に瑛太が首を傾《かし》げた。

「けど、そんなので、あんだけのスペースが埋まるほど商品があるかなぁ……」

「あると思う。多分だけど……」

瑛太は私の顔をじっと見つめると深く頷いた。

「じゃあ、決まりだね。硯さん、もう一度、商品を選び直してもいいですか？」

「はい、もちろんです」

硯さんは笑みを浮かべて深く頷いた。

「じゃあ、まずは、これを片付けよう」

瑛太は買い物籠に広げていた商品を移しはじめた。

「そちらは私が片付けますので、お二人は商品選びをお願いします」

「いえ、僕らが持ってきたんですから、自分で戻します。どうせ、また売り場をうろうろしますから、そのついでに戻せますし」

瑛太の言葉に私も深く頷いた。


気が付けば十二時になっていた。朝一番で集めた商品を元の場所に戻しながら、あらためて売り場を隅から隅まで見て回り、「誰でも使いやすい」という条件に当てはまりそうな物を片っ端から買い物籠に入れて歩いた。すると、なんと籠三つ分もの商品が集まった。

買い物籠を二階にあげると、近所の喫茶店からお昼ご飯が届いていた。それは硯さんの幼馴染《おさななじ》みでうちの中学の卒業生でもある、良子《りょうこ》さんという綺麗《きれい》な女の人が出前してくれたものだった。

「じゃーん、『ほゝづゑ』名物ナポリタン！　瑛太君のは超大盛り、晴菜ちゃんのは大盛りにしておいた」

「うわーーー、大好物なんだ、喫茶店のナポリタンって。ああ、このポテサラとトマトを添えただけのグリーンサラダも、ドライパセリが散らしてあるコンソメスープも……。完璧っす」

「なんか、褒められてるのかディスられてるのか分からないけど……、喜んでくれてるみたいだから許す。さあ、召し上がれ」

「いただきまーす」

良子さんが言い終わらないうちに瑛太はフォークをナポリタンに突き刺した。

「うま！」

一言だけ感想を零すと、そのまま一心不乱に食べ始めた。

「あっ、あの。そんなに急いで食べたらシャツが汚れちゃうよ……」

私が慌てて声をかけると、良子さんが大笑いした。

「私もいまだに硯ちゃんに同じようなことを言ってる。けど、ちっとも直らない。『うまい！　っていうのを体で表現してるんだ』とか言っちゃって。男の子はみんなこんなものよ。基本的にずーっとお子ちゃまなの。ああ、魔法瓶にアイスコーヒーが入ってるから。食べ終わったらどうぞ。じゃあ、私は硯ちゃんと交代して店番をしてくるから。またね」

良子さんはスキップを踏むような軽やかな足取りで一階へと降りていった。

ふと正面の瑛太を見ると、口の周りをソースで真っ赤にしながら、ナポリタンと格闘していた。すでに山盛りだった麺は半分ほどに減っていた。

「うまいぞ、早く食えよ」

「うん」

目の前には楕円形《だえんけい》のステンレスのお皿があり、たっぷりとした量のナポリタンがあった。具はソーセージにピーマン、玉ねぎ、ニンジンとシンプルだけれども、ソースには何種類かの隠し味が仕込まれているようで、とても深い味がした。コンソメスープもグリーンサラダも、丁寧に調理されたことが良く分かる優しい味だった。

「おっ、流石《さすが》は中学二年生！　超大盛りも何のその、といった感じですね」

一階からあがってきた硯さんが席についた。おしぼりでザッと手を拭くと、姿勢を正し「いただきます」と頭をさげた。

「うまいし、量もたっぷりで最高。やっぱ体験実習に四宝堂を選んで良かった」

随分と調子がいい。申し込みを忘れていて、先生に勝手に割り振られたって白状したことを忘れたの？

「お二人と一緒にいると、まるで自分まで中学生に戻ったような気がします。いやぁ、本当に愉快です」

そんな調子で、しばらくは仕事のことを忘れて、クラスで流行《はや》っていることや、最近の学校での出来事などを話しながら昼食を楽しんだ。

接客業のプロだから当たり前なのかもしれないけれど、硯さんは聞き上手で、私は普段よりも、よく話した。多分だけれど、硯さんが親でも先生でもない大人だから話せたんだと思う。

「さて、腹ごしらえもできましたので、いよいよ売り場作りに取り掛かりましょう」

瑛太と硯さんが手早く食器の後片付けをしている間に、私は催事売り場に見立てた作業台の近くに、集めた商品をならべた。

片付けを終えた瑛太と硯さんが近づくと、私は『左利き用！』というアテンションのついたパッケージを手にとった。

「左利き用の商品だけでも、こんなに色々とありました。この辺にあるのが、そうなんですけど……。例えばこれはカッターですけど、これまで右利き用を無理矢理使ってました。よく考えれば刃物ですから、利き手で使いやすいものでないと危ないですよね。こんな便利な物があるなら、もっとちゃんと探せば良かった」

やっぱり今日は、ちゃんと話せてる。家族以外と、こんなに長く話をしたのは初めてだ。

「なるほど……」

硯さんが深く頷いた。

「それでもカッティングマットって言うんですか？　作業をするときに下に敷くゴムマットですけど、それは右利き用しかなかったみたいです」

瑛太が付け加えてくれたので私は深く頷いた。

「確かに。カッティングマットは左利き用はございません。一度探してはみたのですが……。お気づきのように、カッティングマットは方眼状に補助線が記されているのですが、縦の目盛りは左側にしか記されていませんし、横軸は左から右に向かって数字が大きくなっていますので左利きの方は逆算しなければなりません」

「それは定規も一緒です。どれも左から右に向かって目盛りがついてます。私は書くものは右手で持てるので、特に不便を感じませんが……。小学生のころに左手で鉛筆を持ってる子が、三角定規と分度器の授業で苦労してました」

また だ、また言葉が口から勝手に出て行った。

「なるほどね。あっ、けど、これは縁のところは左から右だけど、その内側に小さく右から左にも数字がふってあるよ。ああ、でも、仕方がないんだろうけど随分と字が小さいね。弱視の人とかは読めないかも」

硯さんが瑛太の手から定規を受け取った。

「うーん、視力に問題を抱えられている方はもちろんですが、老眼の方も読めそうにありませんね」

「そんな歳《とし》になったら三角定規や分度器を使うことなんて、ないんでしょうけど。だから大人になったら忘れちゃうのかも、大変だったことを」

ぶっきら棒だけど、瑛太の言う通りだと思った。

「それよりも、僕が驚いたのは『ソフトタッチでらくらく』とか『片手で簡単、開けやすい!』みたいな、力を入れなくても使えるって書いたパッケージが多いってことかな。なんか、意外だった……。そんなに困ってる人がいるだなんて」

瑛太がちょっと恥ずかしそうな顔をした。

「とても良い気づきだと思います。どれもこれも自分で仕入れておきながら、こんなにも使い勝手にこだわった商品があったなんて……。ちょっと驚きました」

硯さんの視線は私たちが選んできた商品に注がれていた。

「このMAX社の『サクリフラット』というホッチキスは、テコの原理を二段階で活用することで、従来品の約半分の力で綴《と》じることができます」

「握るってことは、握力が必要ってことですもんね……」

私が思わず零した言葉に硯さんが頷いた。

「はい、一般的な成人男性の握力は四十五キロ前後だそうです。対して女性は二十五キロから三十キロ弱です」

「半分ぐらいしかないんですか？」

瑛太の意外そうな声に硯さんは深く頷いた。

「男性も五十歳を境に握力は低下し始めて、六十五歳を超えると三十キロ台までさがります。ちなみに低学年の小学生は十三キロほど、高学年で二十キロぐらいです」

「僕、この前の体力測定で測ったら五十キロありました！」

「おお！　凄い。もう少し頑張って八十キロまで行くと、手でりんごが握りつぶせて『これが本当の手絞りジュース！』というものが作れるようになるそうです」

「え？　本当ですか！　よーっし、頑張ろう」

良子さんが言ってた通りだと思って、笑ってしまった。男子は中学生ぐらいで精神年齢が止まっちゃうのかもしれない。

「すみません……、脱線させてしまいました。テコの原理を活用すると言えば、このプラス社の『エアかる』というダブルクリップも軽い力で開け閉めできます」

硯さんがパッケージを開け、中から一つ取り出した。

「レバーを長くするだけなんだから、ちょっとした工夫だよなぁ」

瑛太が感心したように摘《つ》まむ。

「レバーを長くしたのもそうなのですが、この綴じる部分に施した突起状の加工も利いているのです。メーカーの方にお話を伺ったことがあるのですが、何度も試作をくり返して、やっとこの形に落ち着いたそうです。ちなみに二〇一八年の日本文具大賞で機能部門優秀賞を獲得しています」

「へーえ、こんな小さくてシンプルな商品が、そんな立派な賞を獲《と》るんだ」

瑛太の言う通りだと思った。急にこの小さなクリップが愛《いと》おしく見えた。

「じゃあ、とりあえず、この集めてきたものを、いくつか関係のあるものでまとめて、見栄《みば》え良くならべる方法を考えればいいですかね?」

瑛太の声に硯さんが頷いた。

「はい、瑛太さんがおっしゃるように、まずは配置を考えてください。そして、最初にお願いしたように、お客様が思わず手に取りたくなるようなPOPなどの販促物も用意してください」

　そこで言葉を切ると、硯さんは壁に設えられた引出しのひとつを開け、なかから工具箱のようなものを二つ取り出した。

「工具と文房具はこちらを自由にお使いください。他にも、色々と取り揃えていますので、何か必要な物があればお声がけください。大概のものは用意しております」

　一方の工具箱は本来の用途通りに色々な工具が収められていたが、もう一方には様々な筆記用具がびっしりと詰め込んであった。

「うわーっ……」

　あまりの量に言葉が続かなかった。

「まるで『筆記用具の宝石箱やぁ〜』って顔だね。硯さん、これ、全部、自由に使っていいんですか？」

「はい、どうぞ、お好きなようにお使いください。普段、私が値札やPOPを作るのに使っているものですので、遠慮なくどんどんお使いください。ああ、インクが切れたものは、箱に戻さずに私にお申しつけください、補充しますので。それと、こちらに模造紙やクラフトペーパー、それに発泡スチロールのボードや工作用紙を出しておきます。多分、これだけあれば足りるとは思いますが、何か欲しいものがあれば声をかけてください。売り場に在庫があれば、如何様《いかよう》にも融通します」

　そこまで説明をすると硯さんは腕時計をちらっと見やった。

「時刻は一時半です。四時半まで三時間あります。ぜひ、お二人で良く相談して、納得のいく売り場をお作りください。では、よろしくお願いします」

　硯さんは食器を載せたお盆を抱えて降りていった。

　その後ろ姿が見えなくなると瑛太はブレザーを脱ぎ、ネクタイを外すとシャツの袖をまくった。

「とりあえず、いくつかのグループに分けようぜ。えーっと、左利きの人が使いやすい商品はこの辺な。で、弱い力でも使いやすいってのも、けっこうあったよな？」

　なんだか、さっきまで子どもっぽいと思っていたけど、急に頼もしく見えてきた。

　でも、その瑛太に甘えてはいけないような気がした。私もちゃんとしなければと。

「……あっ、あの、提案してもいい？」

「うん？　何？　何でも言ってくれよ。二人しかいないんだ、遠慮するなよ」

「ああ、うん、ありがとう。あのね、作業を始める前に手順を決めない？　役割分担や時間配分を考えて、効率よく進めないと間に合わないと思う……」

瑛太は「なるほどね」と頷いた。

「うん、そうしよう。じゃあ、まずグルーピングをして、それから、それぞれのグループごとのテーマを決めて、そのグループテーマを見ながら売り場全体につける名前を決めるっていう積み上げで考えるのはどう？　最初に大きなテーマを決めちゃうと、それから外れた物が出てきた時に困ると思うんだ」

感心した。普段、授業中はほとんど発言しないし、休み時間になるとすぐに校庭に飛び出していってしまうから、こんなに頭の回転が速いとは知らなかった。

「どう？　違うと思ったら違うって言ってくれよ。アイディアを出すときは遠慮せずに思ったことをガンガン言わないと、いいものができないぜ」

「あっ、うん、それ、いいと思う。そうしよう」

「じゃあさ、僕がざーっと分けちゃうから、それを見て晴菜はグループ名を考えてみてよ。無理に一つに絞らなくていいから、思いついたのを付箋にバンバン書いて、台の上に貼っていって。ひと通り分け終わったら、二人で見直してみよう。で、全部の付箋を眺めてボードに大きく書く内容を決める。とりあえず、ここまでを一時間でやっちゃおう。その後にPOPやボードを作るのに一時間、一階の売り場にならべるのに一時間って時間配分で」

「うん、分かった」

何となくだけど、瑛太がみんなの輪の中心にいる理由が分かったような気がした。

その後、グループ名やコンセプト決めは予定よりも十五分早く終わったけれど、POPやボードの作成は全部で一時間半以上かかった。一階で売り場作りに取り掛かったのは三時五十分ごろだった。

細かな作業は私がやり、ボードなどの大きな工作物は瑛太が引き受けてくれた。時々「こんな感じなんだけど、どう思う？」と私に意見を求めたり、「おっ、すげぇ、上手いなぁ、晴菜って天才じゃん」とか、声をかけてくれた。

なんだか、チームとして催事売り場を瑛太と二人で作っている感じがして、中学に入って一番充実した三時間だった。

「できたぁ！」

「終わったぁ！」

思わず大きな声が出てしまった、私も瑛太も。

普段、あんまり感情を表に出す方ではないのに、どうしたんだろう？　ちょっと恥ずかしくなった。でも、瑛太と二人で頑張った甲斐があって、我ながら立派なものができたと思った。

「できましたか？」

お客様を外まで見送りに行っていた硯さんが催事売り場まで来てくれた。

「はい、なんとか」

私は慌てて腕時計を確認した。ちょうど四時三十分、なんとか間に合った。

「ほぉ、これは力作ですね」

硯さんは入口を背にして通路に立ち、催事売り場をじっと見つめた。

「なおした方が良かったら、じゃんじゃんやっちゃってくださいね」

瑛太の言葉に私は深く頷いた。

「いえ、正面につけていただいたボードは高さも大きさもバッチリです。色合いも店内の雰囲気にマッチしていて、手直しは必要ありません」

「よかった……」

「よし！」

私がほっとする横で、瑛太がガッツポーズを決めた。

正面に掲げた『どんな方にも使いやすい！　そんな商品を集めました』というボードは、瑛太が作ってくれた。発泡スチロールの板を楕円に切り、薄いクリーム色の紙を貼った上に黒に近い紺のポスターカラーで筆書きしてくれた。意外と達筆というか上手というか、平筆《ひらふで》でゴシック体をきれいに描いてくれた。

「それにグルーピング用のPOPと、商品一つひとつの特徴を訴えるPOPも素晴らしい出来栄えです。誰のアイディアですか？　この台紙の色をグループごとに分けるという工夫は」

「瑛太です。『ユニフォームみたいにグループごとに色を分けたら？』ってアドバイスしてくれました」

「へへっ、ちょっと思いついたんで」

　瑛太の答えに深く頷くと、硯さんは角度を変えたり、少し離れたり近づいたりしながら、しげしげと売り場を眺めた。途中で「少し触りますよ」と私たちに断って、前後の商品を入れ替えたり、左右の位置関係を調整したりした。ちょっと直しただけなのに、硯さんが整えるとさらに良くなった。やっぱりプロは違うなぁと思った。

「いいでしょう、完成です。お疲れ様でした」

　硯さんが私たちをふり返ると大きく頷いた。

「よっしゃあ！」

「よかった……」

瑛太がハイタッチのポーズをとったので、思わず応じてしまった。多分だけど、生まれて初めてのハイタッチ。でも、そのパチンと手のひらが触れあった瞬間、何か瑛太と深く通じ合ったような気がした。

「うまく言えませんけど、お二人はよいコンビですね。おそらく、晴菜さんだけでも、瑛太さんだけでも、この売り場を作ることはできなかったと思います。お二人が力を合わせたから、このような素晴らしいものが作れたのだと思います」

硯さんが深々と何度も頷いた。

「力を合わせてか……。なんかハサミみたいだね」

瑛太が呟いた。そんなこと、私はまったく思いつかなかった。

「……、あのね」

私が口を開きかけた時だった、不意に一人のお客さんがやってきた。すぐに硯さんが「いらっしゃいませ」と声をかける。つられて瑛太と私も「いらっしゃいませ」と唱和した。

「あら、なんだか元気のいいお店ね」

そのお客さんは、嬉しそうな声を返してくれた。声はしっかりしているけれど、うちの曽《ひい》お祖母《ばあ》ちゃんぐらいの年齢で、膝でも悪いのだろうか、杖《つえ》をついていた。私たちに軽く会釈をすると、探し物があるのか店内をキョロキョロと見渡した。

いつの間にか硯さんはお客さんのすぐ近くにまで移動していた。

「いらっしゃいませ。なにかお探しでしょうか？」

お客さんは硯さんの問いに深く頷いた。

「そうなの。あのね、ハサミが欲しいのよ」

「ハサミですね、かしこまりました。あちらに色々と取り揃えてございます。どうぞこちらへ、ご案内します」

手を広げる硯さんに、そのお客さんは首を振った。

「ああ、違うの、普通のハサミじゃないの。えーっと、このまえテレビでやってたんだけど……、なんでも握る力が弱くても使えるハサミがあるって。えっと、どこにいったかしら、名前をメモした紙を持ってきたはずなんだけど」

お客さんは鞄《かばん》の中に手を突っ込むとガサゴソと探しはじめた。

「あの、もしかして、これですか？」

ふと見ると、いつの間にか瑛太が硯さんの横に立っていた。手には催事売り場にならべたばかりのハサミがあった。

「えーっと、『らくらくばさみ』って名前のものみたいですけど……」

「そうそう、これこれ。これよ、テレビでやってたの。このハサミ」

お客さんは嬉しそうに瑛太が差し出した商品を手にとった。

「けど、これ、本当に私でも使えるかしら？」

この声に硯さんが深く頷くと、私に声をかけた。

「晴菜さん、すみませんが同じ物をひとつお持ちいただけませんか？」

私は慌てて同じ商品を手にすると、急いで三人に近づいた。私が手にしていたものを差し出すと、硯さんはパッケージから商品をとりだした。

「こちらの商品はアビリティーズ・ケアネットという会社のものです。福祉器具などを手がけている会社が作ったもので、色々と工夫されています。よろしければお試しください」

硯さんはハサミと一緒にポケットから取り出したメモ用紙を差し出した。

「いいの？　これ、切っちゃって」

「はい」

硯さんの返事に私と瑛太も頷いた。

「なんだか緊張するわね」

お客さんは小さく笑いながらハサミを試した。

「へぇ……、本当に使いやすい。ちょっとビックリ」

その声に私と瑛太は顔を見合わせて笑った。

「よかったら、あっちの売り場を見ませんか？　ハサミだけでなく、力を入れなくても使える商品とか、左利き用のものとかを僕らが色々と集めてみたんです」

瑛太がはっきりとして、よく通る声で催事売り場を指差した。

「よかったら……、ご覧になってください」

私も勇気をふり絞って声を出した。

「へぇ、そんなに色々とあるの？」

「うん、あっ、いえ、はい。僕もこの店は初めて来たんですけど、なんか色んなものが一杯あって」

「ふたりは中学生？　その腕章、職場体験とかってやつなの？」

「そうなんです。文房具なんて、あんまり興味なかったんだけど、意外と面白いなって。これって、何か分かります？」

瑛太がお客さんを催事売り場へと案内し、あれこれと説明を始めた。やっぱり、誰とでも仲良くなれる瑛太が羨ましい。

「えーっと、なあ晴菜、これって何がすごいんだっけ？」

「ああ、それはね」

POPを読み上げてくれればいいのに……、と思いかけて気が付いた。瑛太はお客さんとの会話に私を引き入れるために、わざと分からない振りをしているんだって。そんな気遣いができる人だったなんて、今日まで知らなかった。

それからお客さんは私たちがあれこれと説明するのを「へぇ」とか「すごいわね」などと相槌を打ちながら真剣に聞いてくれた。そして七点もの商品を買ってくれた。

「ありがとう。これで、もうしばらく仕事ができるわ」

お客さんは私と瑛太に頭をさげた。

「いえ、そんな……」

こんなに丁寧に誰かから「ありがとう」と言われたのは初めてかもしれない。

「仕事といっても、別にお給料をいただくような大層なものじゃあないのよ。町内会を手伝ってるだけなんだけど。書類の整理だったり、掲示板の張り紙だったり。でも、昔はなんともなかったことがだんだんと難しくなって。みんなの邪魔をするぐらいなら、若い人に交代してもらおうかなって思ってたんだけど。今日、二人に教えてもらった物があれば大丈夫！　まだまだ頑張れるわ」

硯さんが包んでくれた商品を大事そうに抱えて、そのお客さんは帰って行った。その後ろ姿を見送っていると瑛太がポツリとつぶやいた。

「なんか、嬉しいですね。お客さんが喜んでくれると」

硯さんが頷いた。

「はい、それがお店で働く一番の御褒美ですから」

その声に私も深く頷いた。

お客さんの姿が見えなくなると私たちは店内へ戻った。

「では、実習は以上です。お疲れ様でした。二階でレポートをお書きください」

そう硯さんに促されて私たちは二階へと続く階段をあがった。途中の踊り場で私は後ろの瑛太をふり返った。

「今日はありがとう」

瑛太はきょとんとした顔をした。

「うん、こちらこそ、ありがとう。でも、急にどうしたの？」

「あのね、私、クラスで浮いてるから……。自分でも分かってるんだ、もっとちゃんとしなきゃって。でも、今日は楽しかった。明日からは、また学校だから。教室では言えないと思って……」

瑛太はちょっと意外そうな顔をした。

「浮いてる？　それは僕の方じゃないかな、なんせ空気を読まないから。晴菜は勉強もできるし、クラスのみんなに優しいし……。優し過ぎて利用されてるような気もするけど。あのね、もっと素の自分を出した方がいいよ。ちょっと晴菜は遠慮をし過ぎかな。それに、こうしたい、ああしたいって自分の気持ちを出さないと。ほら『パスをよこせ！』って主張する人でないとゴールは決められないでしょ？」

比喩がサッカーってところが瑛太らしい。けど、一生懸命な感じが嬉しかった。

「でも……、瑛太はそんなことをしなくてもボールが来るでしょう？」

瑛太は小さく首を振った。

「そんな訳ないじゃん。パスが欲しかったら、まずは自分から誰かにパスをする。その上で、ちゃんと『パスをくれ！』って言わないと人には分かってもらえない。今日、晴菜は僕に話をしてくれたよね？　そして、『こうしよう』って提案してくれた。これからも、あの調子じゃないと。さ、レポートやっちゃおうぜ」

そう言い残すと瑛太は二階へと駆け上がっていった。

＊　＊　＊　＊

柳の枝が揺れる脇を、コートを羽織り岡持《おかも》ちを提げた人影が足早に通り過ぎてゆく。『ほゝづゑ』の看板娘、良子だ。文房具店『四宝堂』に吸い込まれるようにして入っていった。

「お待たせ……。ねえ、今日はいったい何があるの？　ハヤシライスが三人前、しかもひとつは大盛り、もうひとつは超大盛りって。三皿合わせたら優に六人前はあると思うんだけど。あー重たい」

会計カウンターで伝票整理をしていた店主の宝田硯が顔をあげた。

「まあまあ。けど、量が多いからって遅刻した言い訳にはならないと思うけど？」

「……それを言われると、困るわね。で、どこに広げればいいの。うえ？」

硯はちらっと店の奥にある階段を見やると深く頷いた。

「うん、とりあえず二階に持ってあがってくれる？　お客さんがいるから。ああ、普通盛りはそこに置いてってよ。ちゃちゃっと食べちゃうから」

「はーい」

返事をするなり、岡持ちからハヤシライスとグリーンサラダ、コンソメスープを取り出し、つづけて紙ナプキンを巻いたスプーンとフォークを置いた。

「じゃあ、残りは二階に運ぶわね」

「ああ、頼む」

余程忙しいのか、硯は伝票の束を左手でめくりながら、右手一本で器用に紙ナプキンを解くと、スプーンをハヤシライスに突っ込んだ。

「ああ、そんな、よそ見をしながら食べたら、こぼしちゃうわよ」

「大丈夫だって。ほら、早く運んであげて。きっとお客さんは腹ペコだよ」

「はいはい」

溜め息を零しながら岡持ちを抱えて良子は二階へとあがった。

「失礼します、お昼をお持ちしました……、って、あれ？　もしかして晴菜ちゃんに瑛太君？」

良子の声にふり向いたのは、制服姿の田川晴菜と三橋瑛太だった。

「あっ、良子さん」

晴菜と瑛太の声が重なった。

「どうしたの？　二人とも。また、体験実習ってことは、ないわよね？」

良子は岡持ちを作業台の上においた。

「ええ……、この前のレポートが区の代表に選ばれてしまって。今年から始まった東京都の職業体験報告会に参加することになったんです」

晴菜が恥ずかしそうな声で答えた。

「僕たち凄くないっすか？　って、まあ、中央区立の中学は四校しかないから、割と簡単に区の代表になれるんですけどね」

瑛太が頭をかきながら笑った。

「二人とも凄いじゃない。へぇー、おめでとう」

話をしながら、良子は岡持ちからハヤシライスやサラダを出し、小上がりに広げてあった卓袱台《ちゃぶだい》の上にならべた。

「わーー、ハヤシライス！　この世で一番好きかも」

「この前、ナポリタンでも同じようなことを言ってたような気がする……」

「え？　そうだっけ。まあ、いいじゃん。まずは腹ごしらえをしようよ。考えるのは、その後で」

晴菜の呟きをよそに瑛太はスニーカーを蹴っ飛ばすようにして脱ぐと、小上がりに飛び上がった。

「いただきまーす」

「あの、今日中に模造紙を完成させないと、先生に叱られちゃうよ」

「大丈夫だって。それにしても、うま！　ほら、晴菜も早く食べなよ」

「ああ、そんなに慌てたらシャツを汚しちゃう」

二人の様子に良子が笑った。

「なんか、随分といい感じじゃない？」

良子がそう耳打ちをすると、晴菜が顔を真っ赤にした。

「えっ、いや、そんなんじゃないです……」

「へぇ、そう？」

わいわいと大騒ぎな三人の元に硯が顔を出した。

「どこまで進みましたでしょうか？」

瑛太が口をもぐもぐさせながら「だいたい、方向性は決まりました」と答え、紙ナプキンで口を拭うと言葉を続けた。

「とりあえず、三枚の模造紙のうち、一枚は僕らが作った催事売り場をイラストで再現することにしようかと。残りの二枚は、なぜ『どんな人にも使いやすい』というコンセプトで売り場作りをすることにしたのかの説明と、実習に参加して気付いたことや、参加する前と後で変わったことなんかを書こうかと思ってます」

「とても良いと思います。ああ、老婆心でアドバイスをさせていただきますが、まずは原稿をしっかりお作りになる方が良いかと。あと、いきなり模造紙に書いてしまうのではなく、新聞紙にざっと下書きをされると良いと思います。普段、このように大きな紙に書くことは滅多にないでしょうから、どれぐらいの大きさで書けば良いのか、感覚をつかむのは難しいのです」

硯が落ち着いた声で助言した。これに晴菜が応えた。

「ありがとうございます。とても参考になります。けど……、硯さんも一枚書いてもらうことになってるの知ってます?」

「えええっ?」

その狼狽《ろうばい》振りに晴菜と瑛太、良子が大笑いした。

「『受け入れた職場責任者から』っていうタイトルで、硯さんにも書いてもらわないとダメなんです。先生が硯さんにはメールしたって、言ってましたけど?」

晴菜の声に硯が首を振った。

「まったく存じておりません。……良子、どうしよう?」

弱り顔の硯を見て良子が噴き出した。

「そんな情けない顔をしないの。今日は私が店番をしてあげるから。頑張って！」

師走に向けて、銀座も日を追うごとに寒さを増している。けれど、ここ『四宝堂』は今日も賑《にぎ》やかな空気に満たされていた。

名刺

「お先に失礼します」

終業時刻を知らせる館内放送を聞きながら私は席を立った。

「お疲れ様でした……」

周囲の席からパラパラと声がかかる。なんら普段と変わりない。

ふと部長や課長の席を見たが、会議だろうか二人の姿はなかった。もっとも、いたところで何が変わる訳でもないだろう。


先月末、退社面談を課長にしてもらった。

『登川《とがわ》さん、最終出社は定年退職の当日で本当にいいんですか？　もったいないなぁ……。有給休暇がこんなに残ってますけど。普通の人は二ヶ月ぐらい前から消化に入るんですけどね。まあ、もっとも翌日からは毎日がお休みのようなものですから、関係ないか。とにかく羨ましいですよ。僕なんて、あと二十年も働かないとだめなんですから』

去年、四十歳になったという課長は、私の顔を見ることもなく、手元のタブレットに視線を落とし続けていた。マニュアルでも見ているのだろうか。

『えーっと、次に……。ああ、名刺の回収だな』

私は作ったきり、ほとんど使わなかった名刺を箱ごと課長に手渡した。

『一応、決まりなんで。なんでも悪用されると困るってことなんで』

ちゃんと全量を返却しない人はどうするんだ？ と思ったが黙っておいた。そもそも、肩書のない平社員の名刺を誰が悪用するというのだろう。

『……ところで相談ですが、送別会とか最終日の御挨拶とかは、どうします？』

私が渡した箱を開け、中身を確認しながら課長が話を続けた。

『いえ、そんな……。特にお気遣いをいただくには及びません』

『あっ、そうですか？ 分かりました。じゃあ、特になしってことで。まあ、うちの課はほとんどが派遣さんやグループ会社からの出向の人ですからね。では、部長には私の方からそのように報告しておきます』

課長は一方的に告げると、早々に会議室から出て行ってしまった。きっと内心はほっとしていることだろう。送別会をやるとなると、誰かに幹事を命じなければならず、私が挨拶をする場などを設ければ、花束のひとつも用意しなければならない。そんな面倒事を減らし、消えるように去るぐらいしか、今の私にできることはない。

席に戻ると課長は私が返却したばかりの名刺を箱ごと部下に渡し『シュレッダーしておいて』と命じた。何も私に聞こえるようなところで言わなくても……、と思った。


階段で一階まで降り、ビルのエントランスへと足早にでる。この時間帯は、まだ家路へと急ぐ社員は少なく、普段であれば警備員の「お疲れ様でした」という声が響いている。しかし、今日はその声が聞こえない。ふと見ると、制服が板につかない、いかにもアルバイトといった若い男がぼんやりと立っていた。

「あの、山本《やまもと》さんは？」

朝の出勤時には姿を見たような気がした。

「はぁ……、三時頃に用事があると言って早退されました」

「そう……。ああ、悪かったね、お先に失礼します」

「いえ、お疲れ様でした」

ぎこちない敬礼を返す青年に、私は頭をさげ、自動ドアを通り抜けて車寄せの脇から通りへでた。決して振り返らずに駅まで歩くと心に決めていたのに、気が付けば途中で足が止まり、事務所を仰ぎ見ていた。

四十年ほど前に眺めた風景とは、まったく変わってしまった。そのころの社屋は何年も前に取り壊され、一帯の再開発に合わせて大きなビルへ建て替えられてしまった。それでも私にとって、ただの無機質な建築物とは異なる何かが、目の前のビルにはあるはずだった。私は鞄《かばん》を地面に置くと、背筋を伸ばし深く一礼した。

その瞬間、強い風が吹き、柳の枝がわさわさと激しく揺れた。不意に目頭が熱くなり慌てて姿勢を正す。ふと空を見上げると、まだ寒さが残る季節だからか、あたりはすっかり暗く、煌々《こうこう》と瞬く月に雲がかかりつつあった。不意に口から「上を向いて歩こう」のメロディが零《こぼ》れた。カラオケなんて大嫌いで、歌ったこともないくせに。そう、上を向いて帰ろう、いつもの道で。

角を曲がり駅へ向かうと、見慣れたポストが私を待っていた。上衣のポケットから絵葉書を一葉取り出すと、その円筒形の古いポストに投函《とうかん》した。まんまる顔に大きな口を開いたポストは腹を空《す》かした食いしん坊みたいで、手ごと食べられてしまうのではないかと思ってしまう。

午前中にパソコンとスマホを返却してしまったら、午後は何もすることがなく、仕方がないので引出しの奥から出てきた絵葉書を使って妻宛に手紙を書いた。

【今日、定年を迎えました。無事に勤めあげることができたのは、あなたのお陰です。ありがとう。本当は顔を見てちゃんと言えると良いのだけれど、恥ずかしいので葉書にしました。これからも、どうぞよろしく。】

絵葉書は連獅子《れんじし》が毛振りをしている図柄で、何時《いつ》、買ったものなのかさっぱり思い出せない。もったいないと思って使ったのだが、横着せずに花束とか銀座の夜景のようなものが描かれた物を買い求めれば良かったかなと少し後悔した。けれど、妻はきっと「あなたらしいわ」と笑ってくれるだろう。

ポストに回れ右をするようにしてふり返った。そこには老舗《しにせ》の文房具店『四宝堂《しほうどう》』が建っている。いつ見ても品格を感じさせる佇《たたず》まいで、私が東京にでてきたころの銀座の雰囲気が色濃く残っている。私は風に吹かれながら、ぼんやりと店を眺めた。

私が上京したころは、まだ四宝堂と同じような古い建物がいくつかあった。もちろん、戦災で大きな被害を受けた地域や、前の東京オリンピックに合わせて再開発されてしまった地区は別だが、銀座や有楽町、日比谷周辺には戦前に建てられたビルが残っていた。

どれも大正や昭和初期に建てられたもののはずなのに古びた様子はなく、凜《りん》とした佇まいで品があった。私が入社した会社の事務所も、そんな建物だった。

アール・デコ調の七階建てで、どこか、名探偵ポワロの部屋があるとされるホワイトヘブンマンションを思わせた。その美しいビルを見上げた時に『ああ、東京の、いや銀座の会社に就職したんだな』と思ったことをよく覚えている。

私が入社したのは一部上場の食品卸で、当時はすでに男性のほとんどは大卒しか採用していなかった。男女別採用なんて、今では考えられないが、当時はそれが普通だった。そんなこともあって、同期入社の男性社員で高卒は私一人だった。後で聞いた話だが、母校の就職指導課の先生と人事部長が古い友人だそうで、そのよしみで、かなり無理をして入社させてくれたようだ。

高校時代に簿記の授業だけは真面目に受けて二級に合格していたので、自分では勝手に経理部へ配属されると思っていたが、もらった辞令は総務部だった。ちなみに、大学卒の同期は全員そろって営業部への配属だった。

入社式の後、記念写真を撮り終えると、大卒組はバスに乗せられて郊外の研修所へと出かけて行った。これから一ヶ月泊まり込みで新入社員研修を受けるという。

一人取り残された私は、人事部の先輩社員に総務部の部屋へと連れていかれた。

総務部はビルの裏側に位置する通用口の脇の小さな部屋にあり、戸を開けてみると、そこには誰もおらず、机が四つほどと、壁際にスチールロッカーや書架がいくつか置いてあるだけだった。

『ここが総務部だよ』

私を案内した人事部の先輩社員は照明のスイッチを入れた。

『君の机はここだって。特に荷物はないだろうけど、筆記具とかノートとか、何か置いて帰りたいものがあったら、引出しを使うといいよ。あとは明日にでも、ここの人たちに教えてもらってくれるかな？』

『はぁ……。あの、総務部の先輩方はどちらにいらっしゃるのでしょう？』

人事部の先輩は、腕時計にちらっと視線を落とすと『まあ、この時間は、いないだろうな……』と小さく零した。

『登川君、今日はもう帰っていいよ』

『えっ？　あの、せめて部長さんに挨拶ぐらいしないと……』

『まあ、そうなんだろうけどね。今日は会えないと思うから』

『なら、課長さんとか、どなたか総務部の方に挨拶をしておかないと』

先輩は小さく首を振った。

『総務部の社員は、君だけなんだ』

『え？』

バツの悪そうな顔で『なんだ、誰も説明してないのか……』と零すと、憐《あわれ》みの浮かんだ目で私をじっと見つめた。

『とにかく、今日はもう帰っていいよ。ああ、もちろん勤務票の退社時刻は定時で記入して構わない。その代わりと言ったらなんだけど、明日は七時までに出社して』

『七時ですか？』

始業は九時からと聞いていた。

『うん、そう伝えるようにって。まあ、七時に体を動かせるようにしておいた方がいいだろうから、少しは早めに来た方がいいかな。なんせ、君は新入社員なんだから』

『はぁ……』

『そういうことだから。今日は荷物を置いたら帰っていいよ。なんなら、銀ブラでも楽しんだら？　じゃあ、僕はこれで』

そう言い残すと先輩は行ってしまった。なんだか釈然としないけれど、仕方がないので、その日は指示されたように早々に事務所を後にし下宿へ帰った。とてもではないけれど、銀座を一人でブラブラする気分になんてなれなかった。

翌朝、六時半に総務部の戸を開けると、作業着姿の老人が湯呑《ゆの》みを片手に新聞を読んでいた。いや、老人と言うよりも爺《じい》さんと表現する方がしっくりくるような感じの人だった。

『……あ、あの』

私が声をかけると、爺さんはジロッと睨《にら》むようにこちらを見た。

『おはようございます、だろ?』

慌てて『おはようございます』と言うと、大きな溜《た》め息《いき》をついてから『声が小さいなぁ』と首を振った。

『朝飯は食ったのか?』

『えっ? ああ、はい』

昨日のうちに買っておいたアンパンと牛乳で簡単に済ませてきた。

『なら、もっと大きな声で挨拶するように。新入社員にとって一番の仕事は、元気な声で挨拶と返事をすることだ。それさえできりゃあ合格。まっ、これが意外と難しいんだけどな』

『はぁ……』

『だから、はぁ……じゃなくて、ハイ！』

『はい』

『ダメだこりゃ……。あのなぁ、もっと〝は〟と〝い〟のひと言ずつを意識して、しっかり言う癖をつけた方がいい。そうだな、ひらがなじゃなくカタカナで〝ハイ〟ってはっきり発音するって感じだ』

『はい？』

爺さんは噴き出してしまった。

『お前なぁ……。まあ、いいや。それよりも、随分のんびりとしてるな。何時だと思ってるんだ？』

慌てて腕時計を確かめた。

『あの、七時までに来るようにって言われたんですけど……』

『七時に来いと言われて、七時に来てるようじゃあダメだ。七時と言われたら六時に、六時にと言われたら五時に来るぐらいじゃねぇと』

今ならパワハラの類《たぐい》に入るだろう。いや、モラハラだろうか。けど、そんな概念すらない時代だった。それに不思議と私も言われたことに何の疑問も覚えなかった。ただ単に大人って大変だなという思いが頭をかすめただけだった。

『……はい、わかりました』

しかし、爺さんは大きな溜め息をつくと首を振った。

『納得してねぇな？　あのな、何があっても絶対に間に合う時間に動かねぇと心配で心配でたまらねぇって性分に自分を変えちまわねぇと、まともな仕事はできねぇ。そりゃあ、色々とあらぁな。けどな、何があったにせよ、それは全部言い訳だ。約束の時間に間に合わねぇってのは、それぐらいマズいことなんだ。よく覚えておけ』

爺さんはそう言うなり『じゃあ、始めるか』と腰をあげた。

『とりあえず、着替えな』

『着替える？』

私の問いには応《こた》えず、スチールロッカーの一つを開けた。中には爺さんが着ているものとよく似た灰色の作業着がハンガーで吊《つ》るしてあった。その下には黒のゴム長靴。

『どうせ親御さんが大枚はたいて買ってくれた大切な一張羅《いっちょうら》なんだろ？　汚しちまったらもったいない、こいつに着替えな。ああ、それと靴も履き替えろ』

成り行きが分からずにぼんやりとしていると『着替えたら通用口の外まで来いよ』と言い残して爺さんは部屋から出て行ってしまった。

仕方がないので言われた通りに作業着に着替え、長靴に履き替えた。作業着も長靴も新品で、少しゴワゴワしていたけれど、サイズはぴったりだった。

通用口に顔を出すと、爺さんは箒《ほうき》や塵取《ちりと》り、ゴミ袋といった掃除道具を用意して待っていた。

「じゃあ、まずは掃き掃除からだ。お前はあっちの角から事務所に向かって掃いてくれ。俺は反対側の角から掃くから」

爺さんがあっちの角と指差した先は、優に百メートルは向こうだった。

『あんな遠くからですか……』

『あのな、自分のところだけ掃除する奴《やつ》があるか。いつもお世話になってる御近所様に少しでも恩返しをしようと思ったら、掃除ぐらいするのが当たり前だろ？　ほら、さっさと始める。ああ、ゴミ袋を持ってけ。塵取りの中身はマメにゴミ袋に移さないと、風で飛ばされてしまう』

私にゴミ袋を手渡すと、爺さんは背を向けて行ってしまった。仕方がないので、私も反対に向かって歩き出した。背中合わせで歩き出すなんて、西部劇の決闘シーンみたいだけど、私の手にあるのは拳銃ではなく箒と塵取りだった。

今では煙草《たばこ》を吸う人が随分と減って、路上に落ちている吸い殻を目にすることはあまりないが、当時は結構な量が落ちていた。しかも、機嫌でも悪かったのか粉々になるほどに踏《ふ》み躙《にじ》られた吸い殻もあって、掃き掃除は大変だった。ほかにもチリ紙や飲食店のチラシ、夕刊紙や雑誌など、いろいろな物が道に落ちていた。

事務所の前の通りは、車がやっとすれ違う程度の道幅しかないのだが、それでも端から端まで丁寧に掃くと、それなりに時間がかかった。半分ぐらいをこなしたところでふり向くと、爺さんが近くに立っていた。

『まだ終わらねぇのか？』

爺さんが担当すると言った反対側は、すっかりきれいになっていた。

『……すみません』

『まあ、慣れてねぇんだ、仕方がない。あのな、箒の使い方がなってないから時間がかかるんだ。よく見てろ』

爺さんは私が苦戦していた煙草の吸い殻を、箒の穂先を使い、あっと言う間に塵取りへ収めた。

『穂先で弾《はじ》くようにしてゴミを集めるんだ。平たい面で掃きにくい所なんかは、縦にして使ったり、隅の方に落ちてるのを引っ張り出したい時なんかは、こう箒の角を使ったり。ちょっとした工夫で随分と違う。まあ、コツさえつかめば早くなる』

爺さんに手伝ってもらいながら掃き掃除を進めていると、往来にちらほらと早めに出勤してくる会社員たちの姿が見えた。爺さんは人が近づくと、必ず手を止めて『おはようございます！』と挨拶して頭をさげた。

『なにぼんやりしてるんだ。ほら、お前も挨拶しな』

『えっ？　ああ。おっ、おはようございます……』

慌てて頭をさげたが、みんな軽く会釈をして通り過ぎるだけだった。

『なんだ、なんだ？　随分と情けねぇ声だな。本当にちゃんと朝飯食ったのか？　もっと元気な声で「おはようございます！」って、はっきり言わないと。相手に聞こえないぞ』

『はぁ……、今の人、知り合いですか？』

『さあ、名前は知らん。けど、毎朝、ここを通ってく人だよ。背広姿だし、多分、この先のどこかに勤めてると思うけどな。あっ、おはようございます！』

爺さんは、また手を止めて挨拶をした。慌てて私も挨拶する。

『まあ、ちょっとはマシになったな。けど、もっと声が出せるだろ？　大きな声で挨拶すると気分が良くなる。してもらった人も、悪い気はしないはずだ。みんな軽く会釈をする程度だけど、きっと心の中で、お前の挨拶を受け止めてる』

挨拶なんかを口やかましく指導されるのなんて、小学生以来じゃないだろうか。

そんな様子で掃き掃除を進めながら挨拶をしていると、昨日の入社式で雛壇《ひなだん》にならんでいた重役と思《おぼ》しき一人が出社してきた。驚いたことに、重役は足早に爺さんに近づくと『おはようございます会長。今朝もお勤め、お疲れ様でございます』と深々と頭をさげた。

『会長？』

思わず私は声をあげてしまった。

『なんだ、知らなかったのか？』

爺さんは笑った。

入社式で、ひとりだけ欠席している役員がいた。その席には《代表取締役会長》という名札が置いてあった。遅れてくるのかと思っていたが、結局、最後まで姿を現すことはなかった。その人が作業着に身を包み、目の前で熱心に通りを掃いている。

八時を過ぎたころから出社してくる社員の数がどっと増え、みんな『会長、おはようございます』と挨拶をして通りすぎる。会長はそのたびに笑顔で『おお、おはようさん』とか『元気そうだな。どうだ調子は』『入院したって聞いてたけど、もう大丈夫なのか?』など、社員一人ひとりに声をかけていた。その顔は本当に嬉《うれ》しそうで、かわいい子どもや孫の相手をするお祖父《じい》ちゃんといった表情だった。

掃き掃除が終わると、正面玄関のタイル床をモップで拭き、ガラス扉を磨いた。一通りの掃除が終わり、道具類を片付けて手を洗うと、ちょうど九時で始業チャイムが鳴るところだった。

『さて、本来なら仕事を始める時間だけど、まずは、ちょっと休憩。今日は出遅れてしまったけど、明日はもう少しピッチをあげて八時半には終わるようにしよう』

そんなことを言いながら、会長はお茶を淹《い》れてくれた。受け取った湯呑みは、じんわりと温かく、モップや雑巾を洗って冷たくなった手に心地よかった。

『あの……、昨日、人事の人から総務は私一人だと聞きました。総務部っていうのは名前だけで、仕事は掃除なんでしょうか?』

『そんなわけないだろ。まず、総務部長は人事部長が兼任してる。もっとも名前だけで、実際の仕事は二人の嘱託《しょくたく》が回してる。どっちも、随分前に定年になっちまった元社員だ。安い給料でやってもらう代わりに、出社日時は自由ってことにしてるのさ。まあ、もうそろそろ出てくると思うけどな』

会長が言い終わると同時に総務部の戸が開いた。

『あれ？ 会長、こんなところで油を売っててていいんですか？』

『そうよ、確か今日は取締役会じゃなかったかしら？ さっさと上にあがらないと秘書室がまた大騒ぎをしますよ』

呆気《あっけ》に取られている私に『な？ 言ったろ』と頷《うなず》いた。

『お前たちが出社しねぇから待っててやったんだろうが。ほら、こいつがこの前話した新入りだ』

『登川です、登川巌《いわお》です』

私は慌てて立ち上がり頭をさげた。

『巌、こっちの爺さんが丸田《まるた》さん、で、この婆《ばあ》ちゃんが角田《かくた》さん。社内じゃあ総務の丸さん・角ちゃんで通ってる。会社のことなら何でも知ってるから、よく教えてもらいな。おい、お前ら、ちゃんと巌を可愛《かわい》がるんだぞ。仕事もしっかり仕込んで、総務部員として何でもできるように面倒をみること。巌が一人前になるまで勝手にくたばるなよ』

『あたしらがくたばるとしたら、死因は会長にこき使われての働き過ぎだわさ』

角ちゃんが笑った。

『そうだな。それより会長の方こそ、いい加減に無理しないでくださいよ。私らを爺さん婆さん呼ばわりしてますけど、会長の方がひと回りも年上なんですから』

丸さんが口元を緩めながらも眉をひそめた。

『あー、もう分かった。じゃあ仕方がないから上にあがるか』

会長は私の肩をポンッと叩《たた》くと部屋から出て行った。


「登川様」

不意に呼ばれて驚いた。気が付くと入口に、人が立っていた。

「ああ、宝田《たからだ》さん、こんにちは。いや、もう、こんばんは、かな?」

以前は会社で使う文房具や名刺などは、全てここ『四宝堂』に頼んでいた。しかし、何年も前にネット通販に切り替えられてしまった。けれど、私は使い慣れた手帳や便《びん》箋《せん》などを求めて時々訪れていた。もっとも、それも今日で終わりだ。きっと銀座に出てくることも、これからは滅多にないだろう。

宝田さんはいつものように薄い水色のシャツに紺色のネクタイ、灰色のズボンに黒の革靴という格好だった。年は三十代後半と若いのだが、何かちょっとしたことを相談すると、どんなことでも丁寧に応対してくれる。

宝田さんはポストの前まで出てくると私に軽く会釈をして話を続けた。

「そろそろ当店の前を通られる頃だと思いまして、ずっと外を窺《うかが》っておりました。いや、良かったです。今日に限って違う道でお帰りにならなくて……。あの、永年のお勤め、お疲れ様でございました」

これまた驚いた。半年ぐらい前に「次に梅が咲くころには定年なんだ」と話したような気もするが、具体的にそれが何時なのかを伝えた覚えはなかった。

「ああ、うん。よく知ってるね」

「それは、もう。なんと申しましても登川様は長年当店をご贔屓《ひいき》にしてくださっている大切なお客様ですから」

お世辞と分かっていても、悪い気はしない。

「贔屓にしてると言えるほどの買い物はしてないよ」

「とんでもない。よろしければ、少しお立ち寄りになりませんか?」

「うーん、そうだなぁ……」

定年退職の日に、普通の人はどんなところに寄り道をするのだろう。そんなことをふと考えた。馴《な》染《じ》みの居酒屋の縄暖簾《なわのれん》をくぐり、よく冷えたビールで一人静かに祝杯をあげるのだろうか。それとも、何度となくランチを食べた喫茶店で、ゆっくりと珈《コー》

少なくとも、私にはそんな店がない。あるとするならば、やはり四宝堂だろう。

「じゃあ、ちょっとだけ」

「はい、ありがとうございます」

宝田さんは、優雅な足取りで私を先導すると、まるでホテルのドアマンのような身のこなしでガラス戸を開けてくれた。

店内にBGMはなく仄《ほの》かに香りだけが漂っている。香を焚《た》いているようなのだが、香炉は見当たらず何の香りなのかは分からない。まるで別世界へ足を踏み入れたような錯覚を覚える。

「ここは、いつ来ても変わらないね」

思わず言葉が零れた。

この言葉に宝田さんは「いやー、マメに催事売り場などは入れ替えをして、なんらかのアクセントをつけるようにしているつもりなのですが……」と頭を掻《か》いた。その恐縮しきりといった様子に、思わず笑ってしまった。

「ごめんごめん、悪い意味で言ったんじゃあないよ。いつ来ても私の好きな四宝堂でいてくれて、うれしいってことさ」

宝田さんはほっとしたように一瞬だけ笑みを零した。しかし、すぐに口元をキリッと結ぶと、言葉をつづけた。

「なら、よろしいのですが……。中学時代の同級生が近くで和菓子店を経営しているのですが、その彼は老舗の伝統をしっかりと守りつつ、斬新とでも言いましょうか、まったく新しい和菓子の開発にも果敢に取り組み、大成功させました。一緒になってサッカーボールを蹴っていた友人が、どこか遠い存在になってしまったようで……。そんなこともあって、このごろ考えるのです。こんな愚直を絵に描いたような商売を続けていて良いのかと」

宝田さんの目は、少し揺れているように見えた。

「何を言ってるんだい！　愚直の何が悪いの？　私はちっとも悪いと思わない。むしろ、愚直であり続けて欲しい」

自分でも語気の強さに驚いた。

「……ごめん、なんか、ちょっと声が大きかったかな」

私が頭をさげると宝田さんが慌てた。

「そんな、おやめください。お客様に頭をさげさせるなど罰があたります。それに……、私が柄にもなく弱気なことを申し上げたのが良くなかったのです。今日は登川様にとって記念すべき日だというのに。私こそ申し訳ございませんでした」

頭をさげる宝田さんに、今度は私が慌てる番だ。二人で顔を見合わせて笑い、奥へと進む。窓の向こうを眺めると、風が強くなったのか、柳の枝が大きく揺れていた。

「前から思ってたけど……。なんで最近の柳は冬でも葉が青々としてるんだろうね」

私は急に思いついたことを口にしてみた。

「ああ、そのことですか」

「うん、不思議じゃない？　柳は落葉樹のはずだから秋には紅葉し、冬は葉が落ちるはずなのに、最近の銀座の柳は一年中青々としている。まるで、何時までも歳《とし》をとらないみたいに」

宝田さんは、ちらっと私の顔を見やると、そのまま視線を通りへと向けた。

「お客様に教えていただいたことの受け売りなのですが……、まず、銀座の街路樹に用いられている柳はシダレヤナギという種類だそうです。この柳には、夏から秋にかけて剪定《せんてい》を施しています。剪定をしますと枝に刺激が与えられ、その刺激によって若い芽が伸び、育った若々しい葉が成熟するまえに秋を迎えます。なので紅葉せず、さらに寒くなっても落葉しないのだそうです」

「へぇ」

私のぼんやりとした返事に宝田さんは深く頷いた。

「いずれにしても、柳が美しい状態で維持されるのは景観の上でも重要ですが、単純に落ち葉掃除が楽というのもありがたいです」

「だろうね。あれは大変だから。掃いても掃いても、一ヶ月ぐらいは落ち葉に悩まされることになる。ことに雨の後とかは地面に張り付いて大変なんだよ」

「確か……、登川様は総務のお仕事だったかと。掃除もご担当だったのでしょうか？」

私はほんの少し宝田さんの顔を見やったが、すぐに通りに視線を戻した。

「いや、私が入社したころも事務所内の掃除は、すでに専門の清掃会社が入ってたんだけど、通りの掃除までは契約外でね。まあ、修業みたいなものさ。通りの掃除なんて、誰もやりたがらないし、やっても誰も褒めてくれないことなんだから」

私は大きく揺れる柳の枝をじっと眺めた。


会長との朝の掃除はその後も続いた。当時は土曜日も出勤で、休みは日曜日と祝日、それにお盆の三日間に年末年始の四日間と、全部足し合わせても六十日ちょっとだった。今はその倍以上も休んでいる訳で、随分増えたものだと感心する。

出社日は必ず掃除をすることになっていて、朝の六時には事務所に顔を出していた。

だんだんと早起きが習慣となり、六時に出社するのが辛《つら》くなくなってきた秋の月曜日のことだった。ふと気になって掃除中の会長に聞いてみた。

『昨日は日曜日で、掃除をしなかったはずなのに、意外とゴミが落ちてませんね。やっぱり日曜は人通りが少ないんでしょうか？』

会長は呆《あき》れたような顔をした。

『何を言ってるんだ。日曜や祝日の銀座は大勢の人出で大変な混雑だ。買い物やら食事やら、あちこちから出てくる人が多いんだ』

『へー、そうなんですね』

『まあ、だからって訳でもないんだけど、休みの日も俺が掃除してる。他所《よそ》からわざわざ出てきた人には、やっぱりきれいな銀座を見せたいからな』

『えっ！　そうなんですか』

会長は「しまった！」といった顔をして、小さく舌打ちをした。

『あのな、勘違いするなよ。休みの日にまでお前に出てこいって言ってる訳じゃねぇ。そもそも俺は近所に住んでいて、ここまでは毎日歩いて来てる。ようするに散歩のついでにちょっとやってるだけだ。だから、変な気を回すんじゃあねぇぞ』

『はぁ……』

ちょっと驚いた。

『それにな、休日の銀座ってのは、平日のそれとはちょっと違って、また良いんだ』

『何がそんなにいいんですか？』

『なんて言うのかな……、うまく言えねぇけど。そうだな、街全体がウキウキした気分に包まれてて、なんだか良い匂いがするんだよ。楽しそうっていうか、幸せそうな空気に満ちあふれてる気がするんだ』

どんな空気だろうか……、そんなことを私は考えていた。

『お前、もしかして来たことがないのか？』

『はい。休みの日は洗濯やら掃除やらで終わってしまいます。大体、昼頃まで寝てますし。……それに、駅から事務所までの道しか歩いたことがありませんから、平日の銀座もほとんど知りません』

心底呆れたといった顔で会長は首を振った。

『お前……、せっかく銀座までの定期券を会社で作ってやってるのにもったいない。それに、銀座の会社に勤めてたら「今度、行きつけの店で飯でも奢《おご》るよ」って話を彼女にしちゃったりするだろ？』

『……女性と付き合ったことなんて、ありません』

『うーん。じゃあ、友だちと映画を見に行くとか、喫茶店で珈琲を飲むとか。何かあるだろう？』

私は俯《うつむ》いて地面を箒の先で突いた。

『同期で高卒は自分だけです。歳も四つ違いますから、同期扱いされてません。それに一緒に上京した友人らは府中とか川崎の工場で働いていて、気軽に会いに行くのもちょっと。電車賃もばかになりませんし』

私の答えに会長は考え込むように黙った。

『そうか……』

その沈んだような声に私は慌てた。

『あっ、けど、下宿の近くに図書館があります。そこで本を借りたりしてますから。だもんで、特に退屈してる訳じゃありません。お金もかからずに勉強にもなりますし』

会長は小さく首を振った。

『勉強熱心は結構だが、今のお前さんは新しい知識を詰め込むよりも、新しい体験をすることの方が大切だ。ようするに、たまには普段の道から少し外れてみることだ。きっとお前の知らない世界が広がってる。場合によっちゃあ、お前の人生そのものが大きく変わるかもしれない』

『はぁ……』

『返事は「ハイ」だろ？　よし！　俺がひとつ業務命令を出してやろう』

『えっ？　なっ、なんですか？』

丸さんや角ちゃんから業務命令なんて出されたことがない。せいぜい『この資料を経理に届けてくれ』とか『会議室の机と椅子を整えて、灰皿をならべておいてちょうだい』『ボールペンとカーボン用紙を買ってきてもらえる？』といったお遣いみたいなものばかりだ。

『なに、そんなに大したことじゃない、今日からしばらく事務所から駅までの帰り道は、毎日違う道を選んで帰ること。分かったな？』

『毎日、ですか？』

私の訝《いぶか》しそうな顔が余程可笑《おか》しかったのか、会長は噴き出した。

『ああ、そうだ。本当なら朝も違う道で来いと言いたいところだが、迷子になられて掃除の時間に遅刻されては困るからな』

実際に私は方向音痴で、事務所の近所にちょっとお遣いに出るのにも、必ずポケット版の地図を懐《ふところ》に忍ばせていたぐらいだ。

『次の日に掃除をしながら話を聞かせてくれ。どんな道で帰ったのか。途中に何があったのか。面白そうだと思ったら、思い切って覗《のぞ》いてみろ。そうだな……』

会長は財布を取り出すと無造作にお札をつかみ取り、私の胸ポケットに突っ込んだ。

『そいつは軍資金だ。くれぐれも貯金なんかするなよ。ちゃんと使え。歌舞伎を見てもいいし、何か美味《うま》そうだなと思う物を食べてもいい。場合によっちゃあバーやキャバレーに行ってみてもいい。ああ、お前はまだ未成年で酒が飲めないんだった』

私は慌ててポケットからお札を取り出した。全部一万円札で、ざっと見て三十万円はありそうだった。

『こっ、こんなに預かれません』

『預けたんじゃねぇよ、お前に投資をしたんだ』

『でも……、こんなにいただいたって、とても使い切れません』

会長はあんぐりと口を開けた。

『あのな、そんぐらい高級クラブに行ったら一晩でパーだ。まあ、もし支払いになって足りなかったら、俺の名刺を渡して「ここに請求書を回してください」って言え。銀座界隈《かいわい》なら大概の店で通用するはずだ。名刺は後で秘書室から届けさせる』

こうして私にとって、ちょっとした冒険のような毎日が始まった。

とは言っても、田舎から出てきて半年ほどの若造にできることなんて、たかが知れていた。初日は銀座通りに面する老舗書店で銀座のガイドブックを購入し、それを手に果物専門店の喫茶室でフルーツパフェを食べた。国産の高級メロンや桃に加えてパイナップルやパパイヤ、マンゴーといった南国から輸入した果物をふんだんに使い、アイスクリームや生クリームで彩られたパフェは、この世のものとは思えないほどの美味《おい》しさだった。

翌日、会長に報告をすると、顔を綻《ほころ》ばせて『良かったな』と短く応えてくれた。

『あの、領収書をいただいてきました……』

私がそう切り出すと、会長は手を差し出した。慌てて用意しておいた領収書を手渡すと、会長は金額を確認もせずに破きゴミ袋に放り込んだ。

『あれは俺のポケットマネーだ、業務命令とは言ったけど会社とは関係ない。だから、これからも俺に領収書を渡す必要はない。まあ、お前さんとしては物の値段ってものを学ぶために取っておきたいのかもしれないから、もらってくるなとは言わない。けど、俺に見せる必要は金輪際ない。昨日も言ったけど、俺はお前に投資したんだ。ちゃんと、お前が成長するように活《い》かしてくれればそれでいい』

『はい……』

大きな声で返事をしないと叱られると思ったが、目の奥が熱くなって声がでない。

『あっ、でも、これは誰にも内緒だぞ。俺とお前だけの秘密だ』

それから、少しでも期待に応えようとガイドブックを熟読し、あちこちへと足を延ばした。歌舞伎の面白さを知ったのもこのころだ。他にも名店と言われる寿司《すし》店やレストラン、紅茶や珈琲の専門店などで味を覚えた。

そんな美味しいものを食べた報告を会長にしようと思う日に限って、通りに吐瀉物《としゃぶつ》がぶちまけられていたりする。そんな時、会長は決まって『これは俺が片づける』と言って、私には一切やらせなかった。

『けど……、私がやります』

『いや、こういう嫌な仕事を人に任せたくなったら、俺は引退するよ』

会長は頑《かたく》なだった。それでいて、私がその場を離れないと『仕方ねぇな。お前もそのうちに偉くなるだろう。その時にちゃんと手本が示せるように、そこで見学してな』と見ていることは許してくれた。

『あのな、こういう時は面倒がらずに、ちゃんと使い捨てのビニール手袋とマスクをするのを忘れるな。多分、飲み過ぎて吐いただけだとは思うけど、場合によっちゃあ性質《たち》の悪い病気でまいっちまった奴の置き土産かもしれねぇ。自慢じゃあねぇが、俺も一度だけ失敗したことがある。三日ほど四六時中吐き気がして水も飲めねぇし、下痢も止まらねぇ。お陰で五キロぐらい痩せたよ』

　笑いながらマスクと手袋をすると、最初に新聞紙を覆うように被《かぶ》せた。そして新聞紙を端から真ん中に向かって折り畳むようにしながら、汚れ物を拭い取ってゴミ袋に入れた。驚いたことに、アスファルトの表面は薄《う》っすらと跡が残る程度まできれいになっていた。

　続けてボロボロになって、そろそろ捨てようかといった雑巾でごしごしと擦《こす》りながらバケツの水で側溝へと汚れを押し流した。

『ほら、きれいになった』

　マスクを外した会長は鼻の下にびっしょりと汗をかいていた。

『お疲れ様でした……。けど、やっぱり会長がする仕事じゃあないような気がします。本来であれば粗相をした人が掃除をするべきです。もっと言うと、吐いてしまうぐらいなら、飲まなければいいのに』

　自分でも、ちょっと珍しいなと思うぐらいに、この時の私は腹を立てていた。

『まあ、お前さんが言ってることは正論なんだろうけど。でもな、飲まなきゃあやってられない、吐くと分かっていても飲まなきゃあならないって時が人生にはあるのさ。

お前もそのうちに分かるよ』

『そうでしょうか……』

会長は深く頷くと、青い空を見上げた。

『ここに吐いちまった奴はどうしてるだろうな。腹の中のものをきれいさっぱり吐いちまって、今日はケロッとした顔で元気に仕事をしてるといいな』

その横顔を見て『この人について行こう』と思った。

「ありがとう。やっぱり、四宝堂はいいね。会社を辞めてしまったから、銀座に出てくる機会もなかなかないと思うけど、来たら必ず顔を出すよ」

店内をぐるっと一周した私は宝田さんに向き直った。

「そうですか……。あの、登川様は当店の二階にあがられたことはございませんでしたよね？」

宝田さんはちらっと店内の奥にある階段を見やった。

「うん、ないね。篆刻《てんこく》とか版画なんかのワークショップに貸し出してるってのは知ってるけど。不器用だからね、なかなかやってみようとは思わなかった」

「よろしければ、ご覧になってみませんか？　階段の途中には、この売り場を俯瞰《ふかん》できる踊り場もございますし」

ちょっと心が動かされた。実は踊り場から一階の売り場をぼんやりと眺めている人を見かけたことがあった。

「どうぞ、こちらへ」

階段へと私を促す慇懃《いんぎん》な立ち居振る舞いを見て、私はふと気が付いた。宝田さんは誰かに似ていると前々から思っていたのだが、それが誰なのか。もう、随分と前に閉店してしまったレストランの支配人だ。


会長の指示に従って、帰り道を工夫するようになったのに合わせるようにして、総務の仕事もあれこれと振られるようになった。特に力仕事などは丸さんや角ちゃんには無理なので、一手に引き受けた。なので新入社員にもかかわらず、あちこちの部署に顔を出し、多くの先輩に顔を覚えてもらうことができた。

顔を覚えてもらえると、本来、総務部の仕事でないことも手伝って欲しいと頼まれることが増えてきた。最初のころは『ちょっと、三十分だけ頼めない？』とか『これ、どうしても急ぎなんだ』と、小さなものばかりだったが、それが季節が冬へと進むにつれてどんどんと増えていった。

『登川君、悪いんだけど明日の会議の資料の準備、お願いできない？』

『新しいカタログなんだけど、結構な数を郵送しないとダメなんだ。急ぎなんだけど、午後から手伝ってくれない？』

みるみる残業が増え、帰り道の冒険に使える時間も随分と減ってしまった。

『すみません。昨日は営業部の手伝いで遅くなってしまって……』

会長はちらっと私の顔を見ると小さく首を振った。

『あてにされるようになったってことは、それだけお前の働きぶりを認めてくれる人が増えたってことさ。悪いことじゃない。けど、銀座は宵っ張りが大勢いる街だからな。寄り道ができない言い訳にはならんな』

『そう言われるだろうと思いました。昨日は、歌舞伎座の裏通りに屋台が出ていたのを見つけました。おでんを食べましたけど、なんか、洋風な味付けで美味しかったです。銀座にも屋台があるなんて、ちょっと意外でした』

『昔はもっと多かったんだ。まあ、これからは寄り道はできる時だけでいい。なんせ、お前さんの仕事ぶりを認める奴が増えるのは嬉しいことだからな、俺としても』

その言葉は、なんだか、会長に褒めてもらったみたいで嬉しかった。

『会長』

『ん？　どうした』

『あの、先日、初めて賞与をいただきました。ありがとうございました』

当時、会社では新入社員は冬の賞与から支給される決まりになっていた。

『俺に礼を言うのは筋違いだな。あれは会社がお前の働きぶりに対して出したものだ。堂々と受け取ればいい。とはいえ、支給額を決めているのは俺をはじめとする取締役だからな……。お前にはちょっとしか出してやれんかった。すまん、我慢してくれ』

会長は姿勢を正すと頭をさげた。

『とんでもない！　小間使いのようなことしかしてないのに、賞与をいただけるだなんて、思ってもみませんでしたから』

本音だった。

『そうか？　ならいいんだが……』

同期入社でも大卒組と私とでは支給金額に差がついていることは知っていた。

『あの、それで、ひとつお願いがあるのですが……』

『うん？　なんだ、お前からお願いだなんて。珍しいな』

『会長のご都合のよい日に、一度、夜の寄り道に付き合ってもらえませんか？』

会長は怪訝《けげん》そうな顔をした。

『まあ、構わんけど……』

『ありがとうございます！　で、その、わがままついでで、丸さんと角ちゃんにも付いてきてもらっていいですか？』

『うん？　いいけど』

結局、善は急げとばかりに三日後に会長の時間がもらえることになった。

『では、出発します』

集まってくれた三人を先導して、銀座の路地を目的地に向かって歩き出した。

『夜の銀座をブラブラするなんて、久しぶりねぇ』

いつもより、ちょっとおめかしをした角ちゃんが嬉しそうに笑った。

『確かにそうだなぁ……』

キッチリと背広を着こなした丸さんが小さく頷いた。

『俺も取引先との会食以外で、こうやって出かけるのは久しぶりだ』

掃除をしている時の作業着に長靴姿とは別人のような会長が深く頷いた。よく考えてみれば、会長は一代で小さな食品問屋を上場企業にまで育てた財界人な訳で、本来であれば丁稚《でっち》のような私が食事に誘える相手ではなかった。

急に不安が募ってきたけれど、後悔したってもう遅い。

ほどなくして目的地のレストランに到着した。扉を開けると案内係が待っていて、予約している旨を伝えると、四人掛けのテーブルに通してくれた。

『ははぁ、ここが巌のお気に入りって訳か』

席に落ち着くと会長が納得したといった口調で呟《つぶや》いた。

『とりあえず、飲み物はビールでいいですか？ ……お酒を頼んだことがないので、よく分からないのですが』

私の問いに三人とも頷いた。

『ホストが用意してくれたものを、ありがたくいただくってのが、ゲストのマナーだからな。巌が考えてくれたものでいいよ』

会長の言葉にほっとした。ワインなんか飲みたいと言われたらどうしようかと思っていた。難し過ぎて私にはどうしようもない。

私たちの様子に、予約を受け付けてくれた支配人が席までやってきた。

『お願いしていたもので頼みます』

私の言葉に頷くと『かしこまりました』と静かな声で告げ、深々と頭をさげて戻って行った。

すぐに良く冷えた瓶ビールとコップが三つ運ばれ、私にはお冷《ひや》が出された。私は震える手で三人にお酌をした。

　すると、満たされたコップを前に三人の視線が私に集まった。

『きょとんとしてないで、何か挨拶をして乾杯の音頭をとってちょうだいよ』

　角ちゃんの声に私は慌てた。

『えっ！　僕がするんですか？』

『そりゃあ、そうだろう。なんせ、今日のホストは登川ちゃんなんだから』

　丸さんが呆れたような顔をした。会長は小さく頷くだけだった。

『えー、あー。では、今日は忙しいのに僕に付き合ってくれてありがとうございます。それに……、四月から八ヶ月間、いろいろとお世話になりました。覚えが悪い僕を見捨てずに、丁寧に教えてくれて、なんとか賞与をいただけるまでになりました。ほんの気持ちばかりですが、このような場を設けさせてもらいました。今日はゆっくりしてください』

　会長が小さく手を叩いた。丸さんと角ちゃんもこれにならい深く頷いてくれた。

『では、乾杯』『乾杯』

　静かな静かな乾杯だった。空いたコップにビールを注《つ》ぐと、会長は私の手から瓶を取り上げ『あとは、それぞれ自分のペースでやろう。巌も気を遣わずにゆっくりしたらいい』と声をかけてくれた。そして『上手なスピーチだったぞ』と褒めてくれた。『何がいいって、巌が自分の言葉でちゃんと話すことができたってところだ。お前の気持ちがしっかりと伝わってきた。なにも、かしこまった言葉でなくていいんだ。心を込めて、一言ひと言を丁寧に話せば伝わるはずだから』

『……はい』

こんなにしっかりと会長に褒めてもらったのは初めてのことで、本当に嬉しかった。

『なにより短いってのがいいよね』

丸さんがそう言うなり、半分ほど残っていたビールを飲み干した。

『確かにね、重役連中なんかは、みーんな、長いったらありゃしない。挨拶なんてのは短ければ短いほどいいってのを知らないのかしら?』

角ちゃんが深く頷いた。

『俺も一応重役の端くれなんだけどな』

会長がぼやく。

『あっ、ゴメン、忘れてた』

みんなが笑った。

スモークサーモンをあしらったグリーンサラダ、コンソメスープ、そしてメインのチキングリルと頼んでおいた料理が順に出てきた。三人とも料理を楽しんでくれている様子で、みんなの笑顔を見て、私はとても嬉しかった。これが人をもてなすってことなんだと実感したことを覚えている。

『お待たせしました、オムライスでございます』

〆《しめ》として頼んでおいたオムライスが出てきた。時計をちらっと見ると、もう入店してから一時間半も経《た》っていた。

ウェイターが一人ひとりの席に皿を置くと、真っ赤なトマトソースを目の前でかけてくれた。

『わぁ、卵の黄色にソースの赤が映えるわね。おいしそう』

角ちゃんが満面の笑みを浮かべた。その笑顔は還暦をとっくの昔に過ぎたとは思えない、まるで少女のような瑞々《みずみず》しさがあった。

『オムライスかぁ、久しく食べてなかったけれど、こりゃあ美味そうだ』

丸さんが膝の上のナプキンを直しながら相槌《あいづち》を打った。その横では、いつの間にか会長がスプーンを口に運んでいた。

『うん、うん。美味い、美味いよ』

『よかった……』

思わず安堵《あんど》の言葉が零れた。

『初めて、ここのオムライスを食べた時に、なんて美味しいんだろうって思ったんです。こんなにも美味しいものがこの世にはあるんだって』

『へーえ、それを独り占めしないで、俺たちにも味わわせてくれるだなんて、やっぱり登川ちゃんはいい奴だな』

スプーンを口に運びながら丸さんが笑った。

『……ありがたいな』

会長がしんみりとした声で言った。

『いえ、そんな……、私が会長に良くしてもらっていることに比べたら、なんの恩返しにもなっていません。それは丸さんや角ちゃんも同じことです』

『……いや。俺は、俺は。俺は、こんなに美味い飯を食ったのは久しぶりだ。巌、本当にありがとう。御馳走様《ごちそうさま》でした』

会長の言葉に丸さんと角ちゃんも深く頭をさげた。

『そっ、そんな。困ったなぁ……、ああ、食後の飲み物を頼みましょう。みんな珈琲でいいですよね？』

私は慌てて席を立った。そのまま座っていたら、泣き出してしまいそうだったから。

部屋の隅で控えていた支配人が私に近づいてきた。

『珈琲を四人前お願いします。あと、お支払いを済ませておきたいのですが……』

支配人は『かしこまりました』と返事をすると、ウェイターに何かを耳打ちし、

『どうぞ、こちらへ』と入口近くの受付へと誘った。

『ありがとうございました。お陰様でお世話になっている方々をしっかりともてなすことができました』

その言葉に頷きつつ、私がポケットから取り出した封筒をチラッと見やると、支配人は『すぐに戻りますので、少々お待ちください』と奥へ引っ込んだ。

少し待っていると、支配人はコック服を纏《まと》った男性を伴って戻ってきた。

『当店のオーナーです』

コックさんが深々と頭をさげた。慌てて私も頭をさげる。

『本日は当店をご利用くださり、誠にありがとうございました。あの、大変失礼ですが、本日はどのようなお集まりでしたでしょうか?』

『会社でお世話になっている方々に、お礼をしようと思いまして……。先日、初めて賞与をいただいたので、それを使ってと。何が良いのか随分と迷ったのですが、こちらのオムライスを食べてもらいたいなと思ったのです』

私が握りしめている封筒にコックさんと支配人の視線が注がれていることに気が付いた。当時の賞与は現金支給で、今日のために使わずにとっておいたものだった。

『そうでしたか……。そのような大切な場に当店をお選びくださり、本当に光栄です。今後も何かございましたら、ぜひ当店をご利用ください』

コックさんは頭をさげると調理場へと消えていった。

『急に失礼しました。では、お会計ですが、こちらでお願いします』

手渡された伝票は予想よりも、ひどく安かった。

『あの……、計算間違いではありませんか？』

慌てて伝票を差し出すと、支配人は首を振った。

『いえ、こちらでお願いします。すでに当店は、十分な報酬を登川様よりいただいております』

『え？』

『登川様が真心を込めて、お世話になった方々をもてなそうとしている様子を拝見することができました。私どものようなレストランが決して忘れてはならない、もてなしの心の原点を垣間見《かいまみ》た気持ちでございます。どうか、これからも当店をご贔屓に』

深々と頭をさげられた。

帰り道に考えてみたけれど、きっと薄っぺらい賞与の封筒から支払おうとしている姿に、レストランの支配人やコックさんは何か思うところがあったのかもしれない。

「いかがですか？　手前みそで恥ずかしいのですが、なかなかのものかと」

宝田さんに案内された踊り場には、小さなテーブルが一つと、椅子が二脚置いてあった。「どうぞ」とひかれた椅子に腰かけてみる。

「なるほどね……」

思わず言葉が零れた。手すり越しに一階の売り場があり、窓の向こうには柳の葉が揺れる通りが見える。視線を振って入口を見やると、ガラス戸を額縁のようにして、ポストが見えた。

「確かに、これはいいね」

私は手すりにもたれかかるようにして、売り場にぼんやりと視線を落とした。

「ありがとうございます。長年、当店をご利用いただいております、古い常連のお客様の中に、こちらの席で出前の珈琲を飲まれるのを楽しみにされている方がいらっしゃいます」

「へぇ。それはうらやましい」

宝田さんの丁寧な物腰は、やはりあのレストランの支配人を思わせる。

「大々的に改装をしたはずなのに、お店の雰囲気が変わらないなんて、すごいよね」

「ありがとうございます。床材は剝がしたものを磨き直して再利用しております。壁の設《しつら》えなども、なるべく建設当時の漆喰《しっくい》などを用いて再現するなどしています。職人さんの手をひどく煩わせたので、それなりの費用がかかりましたが……」

ちょっと意外だった。

「じゃあ、あの床は以前と同じものなの?」

「はい。配置は微妙に異なると思いますが、材そのものは建てた時と同じものです」

なら、あの床は会長が踏んだものと同じなのだろうか……。そんなことをぼんやりと考えていた。

気が付けば入社してから三年が経とうとしていた。明日は新年度を迎え、また新入社員が入ってくるという三月末のことだった。入社式の準備を終えて総務部の部屋に戻ると机にメモが置いてあった。

【仕事が一段落したら、会長の部屋に顔を出して】

ちょっと癖のある字は角ちゃんのものだった。慌てて会長の部屋に行くと、背広姿の会長が待っていた。

『なんだ、その格好は……、まあ、いいか。どうせ、俺とお前だけだもんな』

椅子や机をならべたり、紅白幕を吊ったりと、あれこれ作業をしていたのでネクタイを外し、シャツの袖を捲《まく》ったままにしていた。

『はぁ、すみません。入社式の準備をしていたもので……』

会長は机の奥からでてくると姿勢を正し、じっと私の顔を見据えた。何時になく真剣な顔に、思わず背筋が伸びた。

『これを自分の手でお前に渡したくてな』

私の前までやってくると、手にしていた物を差し出した。それは透明なプラスチックケースで、中には私の名前で作られた名刺があった。

『お前の同期の大卒連中は、明日付で全員『主任』に昇格する。残念だが、高卒は五年経たないと昇格させないってなぁ内規を社長以下の経営陣が作っちまった。おかしなルールを作るんじゃないと散々抵抗したんだが……。多勢に無勢で駄目だった。代わりにお前さんにこれを付けさせるってことは無理くり承知させた。すまん、これで勘弁してくれ』

その真新しい名刺の肩書欄には小さな活字で【主任代理】とあった。

『そんな……、自分なんて何もできないのに、ここまでしてもらって、すみません』

私は頭をさげた。そもそも、これまで名刺を作ってもらったこともなかった。社外とのやりとりが必要な営業部は例外として、そのころは主任以上でないと名刺を作れない決まりになっていた。

私の言葉に会長は大きく首を振った。

『何もできないだって？　とんでもない。お前さんは三年間ずっと休まずに朝の掃除を務めたじゃないか、雨が降ろうが風が吹こうが休まずに。台風の時などは事務所に泊まり込んで一晩中寝ずに見張番までして、雪が降れば早朝から事務所の前はもちろん大通りまで雪かきだ。そんなことお前のほかに誰がした？　誰もできちゃあいねぇ。それに、総務部の仕事を一生懸命にこなしたうえに、困っている部署の仕事を嫌な顔ひとつせずに手伝い続けてる。本来、主任って肩書は、そうやってみんなのために身を粉にして働く奴がつけるべきものなんだ』

思ってもみなかった言葉に、心が激しく震えた。

『ありがとうございます』

深々と頭をさげると、絨毯《じゅうたん》にぽたぽたと涙が零れた。

『すまん、もう少し我慢してくれ。なるたけ早いうちに代理を外すようにするから』

私は両手で会長から名刺を受け取った。

『でな、話は変わるんだが、ひとつお前に頼みがある。こいつを預かってもらいたい』

差し出されたのは一本の鍵だった。

『それは何の鍵ですか？』

『そこの隅に置いてある金庫の鍵だよ』

会長が顎で示したところには、大きな金庫が鎮座していた。

『実は入院することになってな。しばらく出社できない。だから、その間、お前にその鍵を預けたいんだ』

『えっ……』

会長は私の顔を見て『そんなに心配そうな顔をするな』と笑った。

『医者が大袈裟《おおげさ》なんだよ。気になることがあるから一度しっかりと検査した方がいいって。俺の体は俺が一番わかってて、なんともないって言ってるのに。ああ、俺の体よりも、預かる鍵の方が心配か？　なに、これも大したことはない。ほとんどの物は銀行の貸金庫に移してある。ただ、会社印や代表取締役印といった大事な判子が仕舞ってある。そんな訳で日に何度か開けてやる必要がある』

『判子……、ですか』

『判子と言っても、その辺の三文判とは訳が違う。役所に登録してある大切な判子なんだ、悪用されたら、会社が倒産するかもしれねぇ。それぐらい大事なものなんだ』

会長は奥へ戻ると机の上に鍵を置き、引出しから一枚の紙を取り出した。

『金庫を開けるには、この「解錠申請書」ってのが必要で、総務部長と経理部長の判子がないと開けられない仕組みにしてある。お前はその申請書を見て、ちゃんと総務部長と経理部長の判子が捺《お》されていたら、開けてやってくれ。逆に、二つの判子が揃《そろ》って無い時は絶対に開けたらダメだぞ、分かったな』

『そんな大切な鍵、自分のような者に預けていいんですか?』

私は机の上にならんだ鍵と申請書を見くらべた。

『何を言ってる、こんな大切なこと、お前以外の誰に頼めるって言うんだ』

会長は机の上から鍵を摘《つ》まみ上げると私に差し出した。私は名刺をポケットに仕舞うと両手で鍵を受け取った。

『頼んだぞ、登川主任代理』

『……はい』

会長はニヤッと口元を綻ばせた。

『なんだ、その元気のない返事は。忙しくて昼飯を食いそびれたのか？』

軽口を叩いているはずなのに会長の目が潤んでいた。

『はぃ！』

一生懸命、腹のそこから声を出したつもりだったけど、裏返ってしまった。

『なんだ、その声は？』

『だって……』

言葉にならなかった。会長は黙って何度も頷いた。

『というわけで、明日から俺はしばらく掃除には来れない。お前ひとりになってしまうけど、続けられるか？』

『ハイ！』

こうして私は金庫の鍵と一緒に通りの掃除も会長から預かった。

鍵を預かって二ヶ月ぐらい経った土曜日のことだった。私が残業を終えて、帰り支度をしていると経営企画部長が総務部へやって来た。

「おい、登川、金庫の鍵をだせ」

壁の時計を見ると午後七時を回ったところだった。

「はい、ただいま。えーっと、その前に解錠申請書を拝見できますでしょうか？」

私は席から立ち上がり戸口へと急いだ。

『解錠申請書？　ああ、その辺の手続きは後だ。とにかく急いで契約書に判子を突く必要がある。書類は後で整えるから、とにかく金庫を開けてくれ』

経営企画部長は会長の息子で、強引な仕事の進め方をすると評判の人だった。

『しかし、決まりは決まりですし……。会長から総務部長と経理部長の判子が二つ揃った解錠申請書がなければ開けてはならないと厳しく言われています』

経営企画部長は鼻を鳴らした。

『ふん、そんなことは分かってる。けど、急ぎなんだ。今日中に契約書を交わさないと絶好の案件が他社に流れてしまう』

どうやら、周囲には相談せず、独断で進めている案件のようだ。しかし、経理部長は関西方面に出張中のはずで、どう頑張っても今日中に申請書を整えることは無理だ。

『すみませんが……。やはり申請書がないと金庫を開けることはできません。決まりを破ってしまっては、会長から叱られてしまいます』

『親父《おやじ》には、あとで俺から報告しておく。なにかあってもお前に迷惑はかけない』

『すみませんが、できません』

経営企画部長が近くにあった屑籠《くずかご》を蹴り倒した。

『てめぇ！　平の分際で何を偉そうに言ってやがる。いいからさっさと鍵を出せ』

『やめてください。無理なものは無理です！』

私たちの声に、残っていた社員の何人かが、戸口から覗き込んだ。

『出せないって言うなら、勝手にもらっていくまでだ』

私を突き飛ばすと、机の引出しを乱暴に開けて中身をひっくり返した。

『どこだ、どこにやった！　鍵を出せ』

必死の形相で、手当たり次第にロッカーや書架の扉を開いた。

『鍵はここです。けど、絶対にお渡しできません』

私はシャツの襟から紐《ひも》で吊った鍵を覗かせた。万が一にもなくしたら大変だと、会長から預かった日以来、肌身から離さないようにしていた。

騒ぎが大きくなり人が集まってきたことに気付いたのか、大きく舌打ちをすると『お前、覚えておけよ』と捨て台詞《ぜりふ》を吐いて出て行ってしまった。

ほっとしたのも束《つか》の間《ま》、散らかった部屋をみて大きな溜め息が零れた。今日は帰りに映画を見ようと思っていたのだが、諦めなければならなそうだ。

週が明けた月曜日。いつものように掃除をしていると、丸さんが血相を変えて出社してきた。

『あれ？　おはようございます。随分と早いですね』

『うん。けど、大変なことになったな、しばらく忙しくなるぞ』

丸さんの言葉の意味が分からなかった。

『大変なことって？　何かあったんですか』

丸さんは驚いた様子で顔を近づけた。

『登川ちゃん、聞かされてないのか？　会長がお亡くなりになった』

『えっ……』

そこからは忙し過ぎてあまり覚えていない。気が付けば火葬場へと出発する霊柩《れいきゅう》車《しゃ》を見送っていた。

会葬者が去った会場に戻ると、片付けの始まった祭壇に掲げられた遺影と目があった。写真の会長は『大変だったな、お疲れさん』と労《ねぎら》ってくれているように見えた。

翌週、葬儀が終わったばかりだと言うのに、早々と経営陣の新体制が発表された。廊下に張り出された通達を見ると、会長逝去で空いた取締役の椅子には経営企画部長が収まっていた。

『バカ息子だけど、会長からの相続で株をたくさん持ってるだろうからな』

丸さんが小さく首を振った。

『取締役 経営企画部長だって。あんな詐欺に引っかかりそうになるようなバカに取締役なんて務まるのかしら？』

角ちゃんが白けた顔で呟いた。私に金庫を開けろと迫った際に言っていた「絶好の案件」とは、詐欺だったことが最近になって分かった。結局、会長の指示を守って金庫を開けなくて正解だった訳だ。

『それよりも、僕らの仕事はどうなってしまうんでしょう？』

人事通達と一緒に張り出されていた「機構改革骨子」には、【総務部を廃し、その機能を経理部、人事部、経営企画部に移管する】とあった。

それから一ヶ月後、私は地方の小さな営業所へ転勤が決まり、丸さんと角ちゃんには嘱託を解くとの通達があった。本当は文句のひとつも言いたいところだけど、誰に言えばいいのかも分からなかった。

『まあ、会長のお情けで働かせてもらってたのは分かってたから』

丸さんと角ちゃんは諦めた様子で特に驚くでもなく、ただ淡々と次の人が困らないようにと、丁寧な引継書を作っていた。

転勤の内示があった翌日、総務部長を兼任している人事部長から呼び出され、金庫の鍵を取り上げられてしまった。

『数ヶ月とはいえ、事故も起こさずにしっかりと管理したのは偉かったよ。けど、会長の言いつけとはいえ、ちょっとやり過ぎたね』

『それは経営企画部長とのやり取りを言ってるのですか？』

私の上司であるはずの目の前の男は、ただ肩を竦《すく》めただけで何も言わなかった。

『あの、通りの掃除ですが、どなたに引き継げば良いのでしょうか？』

私の言っていることが理解できなかったのか、最初は怪訝な顔をしていたが、しばらくして小さな声で『ああ、あのことか』と呟いた。

『あれは、君が勝手にやっていたことだろう？　誰か引き受けてくれる人がいるんだったら、ご自由に。もちろん、会社の業務ではないから、時間外手当なんて付かないからね』

呆れて何を言い返せばよいのか分からなかった。私だって、ただの一度も時間外手当なんて請求したことはない。

『分かりました』

私は軽く頭をさげて人事部の部屋から出ようとした。

『ああ、あと主任代理という肩書は、異動先では付かないからね。会長のゴリ押しで、総務部に所属している間に限って使うことを認められたものだから。なので、異動する前に名刺は返却するように』

その言葉に、私はふり返らなかった。

総務部の部屋をきれいに片付けて、仕事をあちこちの部署に引き継いだ。私たちが出て行ったら、この部屋は倉庫になるらしい。結局、通りの掃除を引き継いでくれる人は見つからなかった。

丸さんと角ちゃんの最終出社日に、会長を囲んでオムライスを食べたレストランで総務部の解散式をした。

『登川様は地方に異動されると伺いました。お二方も退職されるとか……』

支配人は残念そうな声だった。テーブルには私たち三人しかいないのに、支配人は四人分のナイフとフォークをセットしてくれていた。

『いつ東京に戻ってこられるか分からないけど……。出張があるかもしれないから、その時は声をかけますね。また、ここで会いましょう』

『そうね、楽しみにしてる』

角ちゃんが明るく言ってくれたのが救いだった。

『じゃあ、乾杯しよう。登川ちゃん、音頭とって』

丸さんがコップを手にした。

『じゃあ、元気で。天国の会長に心配をかけないようにしないと。では、乾杯』

『乾杯』

不意に風もないのにテーブルのキャンドルが消えた。細く立ち昇る煙の向こうに会長の姿が見えたような気がした。


四宝堂の踊り場で、小さなテーブルに頬杖《ほおづえ》をつき、窓の外を見やる。気が付けば雨が降り出したようだ。真っ赤な傘を差したトレンチコートの女性が通り過ぎて行く。やっぱり銀座は、どんな風景も絵になるなと思った。

最初の転勤から約三十年、私は見事なまでに小さな地方都市ばかりを転々として過ごした。途中、取引先で事務をしていた女性と結婚し、三人の子どもに恵まれたが、仕事はずっと地味なものばかりで出世には縁のない生き方だった。残念なことに、本社での会議に呼ばれるような課長や所長にはなれなかったこともあって、東京に出張することはなかった。暑中見舞いと年賀状をやり取りしていたが、丸さんとも角ちゃんとも再会することは叶《かな》わず、どちらも随分前に鬼籍に入ってしまった。そして、あの私に良くしてくれた支配人のレストランも、バブルが弾けたころに閉店したと聞く。その間、会社は合併に次ぐ合併で社名が何度も変わり、会長の一族は誰もいなくなった。それでも場所が良いこともあって本社事務所はずっと銀座のままだった。

その銀座の本社に戻ってきたのは十年ほど前、今度の所属はコーポレート本部ファシリティマネジメント部という舌を嚙《か》みそうな名前だったが、やっていることは結局のところ総務だった。

事務所は一区画を丸ごと再開発したビルの中にあった。低層階にはショッピングモールが入り、高層階では高級レストランが営業しているピカピカの建物で、もう、自分勝手に通りの掃除などをしても、迷惑がられるだけだということは分かっていたので、それは自制することにした。

代わりにビルに出入りする人には、なるべく挨拶をし、名前を覚えるようにした。不思議なことに、こちらから元気な声で挨拶をすると、固い表情だった人もだんだんと心を開いてくれたように見えた。

ふと腕時計を見ると、座ってから五分も過ぎていた。雨が激しくなってきたからか、その間、お店には誰も来なかった。

私がぼんやりとしている間、宝田さんは静かに待っていてくれた。

「ああ、ごめん。あまりに居心地がよくてつい……」

慌てて椅子から立ち上がった。

「そろそろ帰るよ」

宝田さんは大きく首を振った。

「いえ、この雨ですから。良かったら二階へどうぞ。畳を敷いた小上がりのようなスペースがありますから、靴を脱いでゆっくりとしていただけます。それに、何か書き物や読書などをしてお過ごしいただける机もあります。さあ、どうぞ、こちらへ」

広げられた腕は二階へと続く階段を示していた。

階段にはフットライトが点々と灯《とも》っていたが、二階は誰もいないからか真っ暗だった。先導する宝田さんの背中を頼りに二階にたどり着くと、不意に照明が灯された。

「登川さん、お疲れ様でした！」

大きな声と一緒にたくさんのクラッカーが鳴らされた。

見回してみると部屋には五十人を超える人が集まっていた。いつもロビーで挨拶を交わしている警備の山本さん。自動販売機の補充に来てくれる松本《まつもと》さん。清掃係の古《ふる》河《かわ》さん。給茶機をメンテナンスしてくれる野田《のだ》さん。受付の殿村《とのむら》さん、水川《みずかわ》さん、七《なな》尾《お》さん。郵便配達の丸川《まるかわ》さんに宅配便の有田《ありた》さん。社員食堂の斉藤《さいとう》調理長にスタッフの鈴木《すずき》さん。その他、会社を陰で支えてくれている人たちが大勢。

「みっ、みんな、どうしたの？」

うまく言葉にならない。無理にしゃべったら変な声で、みんながどっと笑った。

「どうしたの？　はないでしょう。お世話になった登川さんに、ひと言お礼を言う場を持ちたくて。どうしようかなって考えてたら、宝田さんが『うちの二階をお使いください』って。で、何人かに声をかけたら、あっと言う間にこんな人数になったって訳」

警備の山本さんの言葉を清掃係の古河さんが引き継いだ。

「登川さんは、いつも私たちを気にかけてくれました。ちゃんと挨拶をしてくれて、『元気ですか？』と声をかけてくれました。それに『何か困ってることはない？』と心配してくださることもありました。あんまり言いたくはないのですが、時々、自分は透明人間になったのかと思うことがあるんです。目の前で掃除をしているのに、気が付かないといった態度をとる人がいたりします……。けど、登川さんは違います」

「調理場の水回りが故障したことがあったけど、そんな時に『はやくしろよ！』って怒る人が多いなか、登川さんはあちこちに電話してくれて、その上、バケツと雑巾で水浸しになった床の掃除まで始めて。こんな人、他には誰もいません」

斉藤調理長の言葉に鈴木さんや社員食堂の職員さんたちが頷いた。

「そんな、どれも当たり前のことじゃないですか……」

それ以上、言葉にならなかった。

「ほら、みんな待ってたんですよ。乾杯しましょう」

松本さんが缶ビールを差し出した。

「うちのグループ会社の商品です。登川さんが定年で辞めてしまうと知らせたら、うちの会社の連中から『差し入れです！』って預かってきました。本当はみんな来たがってたんですけど、あんまり大勢なんで、僕が代表して来ました」

みんなが私を温かく見つめてくれている。本当に何も言葉がでなかった。

「あの……、みんな、ありがとう」

それが精一杯だった。

警備の山本さんが音頭をとって乾杯した。その後、しばらく来てくれた人たちとの歓談が続いた。本当は、もっと早くに宝田さんにお礼を言わなければと思っていたけれど、どうしても人の列が途切れなかった。

一時間ぐらい経った頃だろうか。一段落して、みんなが用意されていた食事に手を出し始めたころ、やっと宝田さんを捕まえることができた。

「あの、色々とありがとうございました」

私が頭をさげると宝田さんは「およしください。お客様にそのような真似《まね》をさせては罰があたります」と慌てた。

「それに、私は特になにも……。飲み物も食事も、どれも、皆さんがご用意なさったのです。私はここを提供して、登川様を二階へとお連れしただけです」

「そんなはずはないでしょう？　本当に、ありがとうございます」

私がしつこく頭をさげると、観念したのか宝田さんは小さく頷いた。

「多少のお手伝いはしましたが、それも本日お集まりの皆さんの、どうしても登川様にお礼を言う機会を持ちたいという熱意に動かされたからです。なので、やはり登川様のお人柄です」

周りを見渡すと、来てくれている人たちは、みんな楽しそうだ。

「ありがたい……。けど、どれもこれも、なんにも知らない若造だった私に、人としての在り方を丁寧に教えてくれた人のお陰なんだ」

　私の呟きに宝田さんが深く頷いた。

「実は当店の地下には古い活版印刷機がございまして……。先代が存命のころは、あれこれと印刷物を請け負っていたのですが、ここ何年も動かしておりませんでした。これではいかんと、伝手《つて》を頼って専門の業者様を探してオーバーホールをし、最近になって少しずつですが名刺の印刷から再開しております。そんな訳で、印刷機の近くに置いてありました棚を整理しておりましたら、こんなものが出てまいりました」

　宝田さんは私に小さなプラスチックケースを差し出した。どうやら名刺のようだ。

「これは……」

　宝田さんは頷いた。

「どうやらご注文の品をお預かりしたままになっていたようで……。苗字《みようじ》が少しばかり珍しいので、もしやと思いまして。どうぞ、お開けください」

　促されるままに開いてみると、郵便番号は三桁で電話番号も一桁すくない。もちろんメールアドレスや携帯電話の番号は書き添えられていない古い名刺だった。全体の設えは会長からもらった【主任代理】のそれとほとんど同じだった。ただ、肩書のところにはハッキリと大きな活字で【主任】と刻まれていた。

「その箱と一緒に保管されていた注文控の備考欄には『主任代理の品と一緒にご注文』とございました。どうやら、二つまとめてご注文いただいたようです」

「……会長」

ふと窓の外を見ると、いつの間にか雨はやみ、雲の晴れた空に月が煌々と瞬いていた。それはまるで優しく笑う会長のようだった。

＊　＊　＊

もうすぐ春の大型連休を迎えるといった季節。銀座の文房具店『四宝堂』店主・宝田硯《けん》は店の前の通りに出て、窓際に陳列した商品の具合を確かめていた。その背中に声をかける人の姿があった。

「やあ、こんにちは」

慌ててふり向いた硯の顔が綻んだ。

「登川様、これはこれは。いらっしゃいませ」

「ちょっと時間が空いてしまったけど、この前は本当にありがとう」

「とんでもないことでございます」

そう応えながら、硯はしげしげと登川を見た。

「あの、大変失礼ですが、退職なさったはずでは？　スーツをお召しになって銀座にいらしたということは……、もしやお仕事を再開されたのですか？」

登川は少し恥ずかしそうに笑うと頷いた。

「うん。仕事以外に趣味もないしね。体が動く限りは働きたいなって思って。けど、もう人に雇われるのは飽きたから、自分で会社を作ったんだ」

「会社を？　ほぉ、そうですか。で、どのような会社をお作りになったのですか？」

登川は悪戯《いたずら》っ子のような顔をすると、「なんだと思う？」と質問を出した。硯はしばらく考えていたが「降参です」と白旗をあげた。

「『株式会社　銀座の総務』っていうんだ」

「銀座の総務？」

「うん、銀座には飲食店や物販店などを中心に、小さな会社がけっこうあるからね。そういった人たちの総務を一手に引き受けるような会社を作ったんだ」

「なるほど……」

硯は感心したといった感じで深く頷いた。

「まあ、そんな訳で、名刺を作りたいんだ」

「はい、それはもう喜んで」

　硯は登川をそっと店内へと誘った。

「では、肩書はいかがしましょう？　一般的には【代表取締役　社長】になるかと思うのですが」

　その問いかけに登川は首を振った。

「いや、そこは【主任】にして欲しいんだ」

「えっ？　社長じゃなくてよろしいのですか？」

「うん、いいんだ。だって、社長になんてものを頼みにくいだろ？　主任だったら、なんでも相談しやすいし、それでいて、何となく任せても安心って思ってもらえるかなって考えて」

　登川は少し照れ臭そうに鼻の頭を掻いた。

「なるほど……、では、具体的な拵《こしら》えについて相談いたしましょう」

「うん、よろしく。けど、あんまり凝った造りにはしたくないなぁ」

　ここは銀座の文房具店『四宝堂』。店主と常連客の相談は、しばらく時間がかかりそうだ。

栞

「いやぁ、本当、ごめん」

列車が動き出すと、硯《けん》ちゃんが口を開いた。

「別に怒ってないって」

「そうかなぁ……。なんか怒ってるような気がするけど」

当たり前じゃない……、と心の中で呟《つぶや》きながら私は窓の外に視線を振った。

「今度、また埋め合わせするから。だから許してよ。ね、良子《りょうこ》ってば」

「はいはい」

私はボストンバッグから出してあった文庫本を膝に置いた。

「天気ばかりは、どうしようもないでしょ？　とりあえず、帰ってからも、あれこれやることが多いんだから、硯ちゃんは少し寝ておいたら」

「うん、まあ、そうなんだけど……」

座席のテーブルに置いた紙袋から、宿で女将《おかみ》さんにいただいた缶ビールを取り出すと、プルタブを開けて硯ちゃんに手渡した。

「はい、どうぞ」

「なんか、ごめん」

缶を受け取りながら硯ちゃんが頭をさげた。

「ほら、もう〝ごめん〟の大安売りはいいから。はい、乾杯」

私が差し出した缶に、硯ちゃんが軽く自分のものを触れさせた。

「乾杯……。あーあ、なにも、こんなタイミングで数年に一度の大雪なんて。まったく、なんなんだろう？」

ちらっとこちらを見やると硯ちゃんが缶を大きく傾けた。

「さぁ、私は晴れ女ですからね」

「うーん、僕も雨男ってことは、ないはずなんだけどなぁ」

ぼやく硯ちゃんを横目にひと口ビールを飲んだ。しっかりと冷えていて、暖房が効いた車内で飲んだこともあって美味《おい》しかった。ほんの少しだけど、気分が晴れた。よく考えたら、硯ちゃんとならんで長い時間列車に乗ったのだって、今日が初めてだ。

少し前に、四宝堂《しほうどう》の常連さんで、うちの店にもちょくちょく顔を出す〝正《しょう》ちゃん〟が旅行をプレゼントしてくれた。正確には宿泊券を硯ちゃんに、乗り物に利用できる旅行券を私に贈ってくれた。正ちゃんからは『なるべく遠くへ出かけなさい』と助言されたけれど、一人で四宝堂を切り盛りしている硯ちゃんは、どう頑張っても一泊二日が精一杯。結局、列車で三時間ほどの温泉地にでかけることにした。

四宝堂の定休日である水曜日に出発し、翌朝一番の列車で戻ってくれれば、開店時間には間に合うという計画だったが、お昼ご飯を食べて観光名所をぶらぶらしていたころから天気が悪くなりだした。

夕方、旅館に入ると、女将さんが『急に雲行きが怪しくなったみたいで、今晩から大雪だそうです』と教えてくれた。その知らせに、硯ちゃんは珍しく慌てた。

『まずいなぁ。明日は店を開けるつもりで、特に臨時休業の張り紙をしてないんだ』

『大丈夫よ。張り紙ぐらい、父さんに頼めば張ってくれるわ』

私の父は四宝堂から歩いて五分ほどのところで『ほゝづゑ』という喫茶店を経営している。硯ちゃんと私は幼馴染《おさななじ》みで、父とも家族のような関係だから、張り紙ぐらいは気軽に頼めそうなものだ。

『だいたい、ホームページでお知らせするとか、ツイッターで呟くとか、知らせる方法はいくらでもあるでしょう?』

『うん……、まあ、そうかもしれないけど』

硯ちゃんは部屋に置かれたテレビをつけてニュース番組を探し始めた。右手でスマホを操作しながら、左手ではテレビのリモコンを切り替えるなど、なかなか器用だ。

『せっかく来たんだから、とりあえず温泉に入ろうよ』

ニュース番組は「爆弾低気圧襲来!」というテロップを掲げ、大雪に注意するようにと呼びかけていた。

『うん、まあ、そうだね。……、とりあえず入ってから考えよう』

結局、お湯から上がるころには、宿の周りでも雪がちらちらと舞いだした。

『あの、本当に申し訳ないんだけど、これから帰ろうと思うんだ……』

『えっ?』

浴衣に丹前を羽織り、座卓に置かれた急須でお茶を淹《い》れていた私の手が止まった。

『これから? 夕飯もまだ食べてないよ』

『……うん、そうなんだけど。上りの最終列車は十時過ぎまであるらしいけど、そのころには本降りになって止まってるかもしれない。ああ、良子は泊まりなよ。僕は大丈夫、一人で帰れるから』

思わず大きな溜《た》め息《いき》が零《こぼ》れた。硯ちゃんは大丈夫でも、私は大丈夫じゃない。

『本当にごめん。けど、事前に知らせもせずに臨時休業にしたら、心配するお客さんがいるかもしれない。うちはお年寄りのお客さんが多いから、ネットで知らせるだけじゃあ伝わらないかもしれない。それに、店の周りを雪かきしないと、困る人も大勢いると思うんだ。だから……、だから、やっぱり僕は帰らないと』

こういう人だと分かってはいた。何時《いつ》も人のことばかり考えて、自分のことは後回し。

『はいはい、分かりました。じゃあ、帰りましょう』

『あっ、いや、だから、良子は泊まっていきなよ』

『そんな訳にいかないでしょう？　硯ちゃんだけ帰したら、喧嘩《けんか》でもしたと思われる。そんなのは嫌』

私は内線電話の受話器を取り上げた。

急遽《きゅうきょ》宿泊を取りやめて帰る旨を伝えると、女将さんは驚きながらもすぐに対応してくれた。

『駅に送迎係がおりますから、急いでお二人の切符を手配させます。あと、駅まではうちの車でお送りしますので、準備が整うまで少しお待ちください』

しばらくすると、フロントから電話があった。支度をして玄関口に降りると、女将さんが待っていた。

『今日は本当に残念です。ぜひ、またいらしてください』

硯ちゃんが宿泊券を差し出すと『これは、次にお見えになった際にいただきます』と当日キャンセルにもかかわらず、一切のお代を受け取ろうとしなかった。

『そんな。お湯もいただきましたし……』

慌てる私たちに女将さんは微笑《ほほえ》みながら首を振った。

『お湯なんて売るほどございます。それに、当宿自慢の夕食も朝食もお召し上がりいただけてないのにお代だなんて。ぜひ、またいらしてください。お待ちしております』

ゆっくり静かに頭をさげられた。その所作は本当に美しく、こんな女性になりたいなと思った。

『こちら、荷物になってしまいますが、お持ちになってください。時間が限られていたので、簡単なものばかりですが、板長をしております当宿の主人が、車内でお召し上がりいただきたいと用意しました』

女将さんから渡された紙袋には、折詰と缶ビールがそれぞれ二つ入っていた。

『ありがとうございます』

私たちは頭をさげた。

『そんな、お顔をおあげください。お客様にそのような真似《まね》をさせてしまっては、罰が当たります』

普段、似たようなセリフを口にしている硯ちゃんがしきりに恐縮する様子は、ちょっと可笑《おか》しかった。

『あっ、ちょっと失礼。銀《ぎん》さんから電話だ』

震えるスマホを手に、硯ちゃんがロビーの隅へと離れていった。

『本当に、残念です……。せっかくの機会だったでしょうに』

残された私に女将さんが小さく囁《ささや》いた。

『ええ、まぁ』

『けど、きっと大丈夫』

深く頷《うなず》きながら女将さんは私に微笑んでくれた。

『え？　……何がですか？』

『勘ですけど、きっと良い思い出になります』

その笑みに、なんだか少し救われたような気持ちになった。

列車がスピードをあげるのに合わせるように、雪がだんだんと激しくなってきた。

「なんか、本当にヤバそうな雰囲気ね」

「……うん。途中で止まったりしなければいいんだけれど」

日頃は冷静で、どちらかというと私の方がバタバタしているのに、どうにも今日の硯ちゃんは落ち着きがない。どうやら、無事に戻れるか相当心配なようだ。

二人して窓の外を流れて行く雪を眺めた。最初はさらさらとした粉雪だったのに、気が付けば指の先ほどもありそうな、まとまった大きさになりつつあった。窓ガラスに映る二人の顔と、その向こうに降り続く雪を見て、その昔、同じようなことがあったことを思い出した。

そして膝の上においた文庫本に視線を落とすと、頁《ページ》の間から栞《しおり》が頭を覗《のぞ》かせていた。その栞と降り続ける雪とを眺めて、気がつけば随分と昔のことを思い出していた。

私が硯ちゃんと初めて会ったのは、小学四年生の時だった。

『良子ちゃん、この子はね、私の孫で硯というんだ。良子ちゃんと同じ十歳で、二学期から同じ学校に通うんだけど、色々と分からないことが多いだろうから、すまんけど面倒をみてやってくれないかな？　よろしく頼むよ』

あと少しで夏休みが終わるという八月の後半、近所の文房具店『四宝堂』のお爺《じい》さんに連れられて硯ちゃんがうちの店にやってきた。

お爺さんが紹介すると、硯ちゃんはペコリと頭をさげた。

『硯水《けんすい》さん、すまんだなんて、そんな水臭い言い方はないでしょう？　硯ちゃん、何時でも遊びにおいで。困ったことがあったら何でもいいなさい。おじさんができることなら何でもしてあげるから』

私は心の中で『でた！　必殺・安請け合い』と突っ込んだ。父の良いところではあるのだけれど、面倒事に付き合わされる娘としてはたまったものではない。

結局この日は、お爺さんが珈琲《コーヒー》を飲みながら父と世間話をしている間、硯ちゃんはプリンを黙々と食べ、その後はぼんやりと通りを眺めていた。クラスの男子にくらべると随分おとなしい子だなと思った。それが第一印象だった。

次の日、お遣いにでた帰り道、四宝堂の近くを通りかかると、硯ちゃんが箒《ほうき》で店の前を掃いていた。まだ午前中の早い時間にもかかわらず、かなり残暑が厳しく、通りを歩く人影もまばらな日のことだった。

『おはよう』

後ろから声をかけると、硯ちゃんは驚いた様子でふり返った。けれど、返事はなく、ただ無言で頷くだけだった。

『あのね、人が挨拶したら、ちゃんと挨拶を返すのが礼儀ってものよ。ほら、あなたも「おはよう」って言いなさいよ』

客商売の基本だからと父から厳しく躾《しつ》けられていたこともあって、私は挨拶などに口うるさい。それに、お店に来るお客さんは、みんな大人だからか、クラスの中でも相当に大人びていたと思う。クラスの男子から「良子かあちゃん」とか「説教ババア」という綽名《あだな》がつけられるぐらいに。

『おっ、おはよう……』

硯ちゃんは、何度も目をぱちくりとさせながら、小さな声で応《こた》えた。

『なに、その小さな声は、ちゃんと朝ごはん食べた？　お爺さんが用意するのが難しいようだったら、うちに来ればモーニングが食べられるわよ。朝七時から営業してるから』

私が一方的に話す間、硯ちゃんは箒によりかかるようにして、黙って聞いていた。

『ねえ、分かった？』

あんまり反応がないので、ちゃんと聞いてるのか心配になった。

『うん、分かった』

本当にこの子は私と同い年なのだろうか？

『じゃあ、私、お遣いの途中だから。またね』

『うん、またね』

オウム返しとは、こういうことを言うんだなと思ったことを覚えている。

お店に戻ると、モーニングのお客さんたちが帰ったところのようで、父は暇そうに新聞を広げていた。私は帰り道に硯ちゃんに四宝堂の前で会ったことを話した。

『なんか弱っちいよ、あの子。大丈夫かなぁ』

父は新聞を少しさげ、ちらっとこちらを見やると小さく首を振った。

『そんな言い方をするものじゃない。硯ちゃんはね……。いや、なんでもない。とにかく、良子は同学年なんだから、ちゃんと面倒を見るんだよ』

『はいはい』

次の日、ランチのお客さんが帰った時間帯を狙って、夏休みの宿題に使った本を返しに図書館へ出かけた。自転車で四宝堂の前を通りかかると、硯ちゃんが正面入口のガラス戸を磨いていた。

私はチリンチリンと自転車のベルを鳴らした。

『こんにちは。何してるの？』

　こちらをふり向いた硯ちゃんは、汗だくだった。

『……良子ちゃん。えーっと、ガラスを磨いてる』

　その真っ赤な顔を見て、ちょっと慌てた。すぐに自転車を止めて、籠に放り込んでおいた水筒をつかんだ。夏場に出かけるときは、ちょっとした場所だったとしても、父は必ず冷たい麦茶を詰めた水筒を私に持たせる。『喉が渇く前に飲みなさい。日射病は怖いからね』と。実際、夏場はお店に具合の悪くなったお客さんが、よくやってくる。そんな時、父はレモンを浮かべたお冷《ひや》をたっぷりと飲ませて、エアコンの風がよく当たる場所に座らせてあげるようにしていた。目の前の硯ちゃんの真っ赤な顔は、そんなお客さんの顔色とそっくりだった。

　私はコップを兼ねた水筒の外蓋を取ると、麦茶を注《つ》ぎ硯ちゃんに差し出した。

『ほら、早く飲んで』

　硯ちゃんはコップを両手で受け取ると、ごくごくと喉を鳴らして飲んだ。空になったコップにもう一杯注ぐと、それもあっという間に飲み干した。

『……ごちそうさま。美味しかった。ありがとう』

　少しだけど、落ち着いた顔色になったような気がした。

『あのねぇ、こんな夏の真昼間にガラス磨きをする人がいる？　日射病になったらどうするのよ、危ないじゃない』

『うん……、けど、汚れてたから』

思わず大きな溜め息がでた。

『昨日は通りを掃いてたし、今日はガラス磨きだし、なんか、掃除ばっかりしてない？』

硯ちゃんは目をぱちくりとさせた。そのぱちくりさせた目は、なんだか子犬みたいで、ちょっと可愛《かわい》いなと思った。

『うん、まあ、ね……』

『四宝堂のお爺ちゃんに手伝えって言われたの？』

硯ちゃんは首を振った。

『ううん、違う。違うけど……。寝るところを用意してくれて、ご飯を食べさせてもらったり、色々してもらってるから僕も何かしないと。でも、お店のことは分からないことばかりだから、掃除ぐらいしかすることがなくて』

初めて硯ちゃんとまともな話をして、ちょっと驚いた。ちゃんと話ができるんだ。

『だって、あなたのお祖父《じい》ちゃんなんでしょ？　四宝堂のお爺ちゃんは。だったら、面倒を見るのは普通でしょ？　ああ、その前に、硯ちゃんのお父さんとお母さんは？』

『父さんは、仕事であちこちを旅してる。母さんは随分前に死んだ。だから、僕はお祖父ちゃんとここで暮らすことになったんだ』

『……、そう、なんだ』

　なんだか、聞いてはいけないことを無理に聞き出したみたいで、急に申し訳のない気持ちになった。

『悪いけど、これやっちゃいたいんだ。麦茶、ありがとう、美味しかった。またね』

　そう言い終わるなり、硯ちゃんはガラス拭きを再開した。よく見れば、その手つきは慣れたもので、とても小学四年生のものとは思えなかった。

『うん、じゃあ、また。……あ、あんまり暑い日は無理しない方がいいよ』

　硯ちゃんは軽く頷くと、そのままガラス磨きを続けた。

　次の日、私はお店が空《す》いた時間に四宝堂へと行ってみた。案の定、硯ちゃんは石段をデッキブラシで擦《こす》っていた。ふと見ると、日陰の隅っこの方に水筒が置いてあった。ちょっとは考えるようになったんだなと思って、声をかけずに『ほゝづゑ』に帰った。

　そのまた次の日も、気になって見に行くと、やっぱり通りの掃除をしていた。そんな調子が一週間も続くと、四宝堂の外観は見違えるようにピカピカになった。

夏休みの最終日、四宝堂の前を通りかかると、硯ちゃんがお店の前に立っている赤い円筒形のポストを雑巾で拭いていた。

『ついに綺麗《きれい》にするところがなくなってポストまで磨いてるの？』

私が笑うと、硯ちゃんは照れ臭そうに頭を掻《か》いた。

『そういう訳じゃ、ないんだけど……。こいつはどんなに暑い日も、雨が降っても、風が吹いてもここにいて、じっと口を開けて笑ってるんだ。なんだか、掃除をしてる僕を応援してくれてるような気がして。ちょっと汚れてたから、拭いてやりたくなったんだ。僕には友だちがいないから』

『そうなんだ……。あっ、でも、友だちがいないだなんて、私は友だちじゃないの？』

硯ちゃんは、初めて私が声をかけた時のように目を丸くした。

『友だちなの？　僕たち』

『違うの？』

硯ちゃんは、しばらく考え込んだ。

『君が友だちって言うなら、友だちなんだろうね』

『なにそれ？』

あんまり可笑しくて私は笑ってしまった。

その晩、父に硯ちゃんとのやりとりを話した。カウンターでグラスを磨きながら黙って聞いていた父は、じっと私の顔を見つめ『よく、聞きなさい。そして、聞いたことは絶対に誰にも話さないこと。いいね』と言った。普段は冗談ばかり言ってるのに、とても真剣な顔だった。

『硯ちゃんの父さんは、凄《すご》い才能を持った風景画家なんだ。透明感のある水彩画や、新版画の原画を手掛ける実力派でね。どこの図書館にも、必ず作品集が収められているぐらい有名な人なんだよ』

『風景画家……、だから旅ばかりしてるのか』

父は頷いた。

『宝田墨舟《たからだぼくしゅう》って人だよ。四宝堂の爺さん曰《いわ》くだけど、この七月まで、ずっと親子二人で日本各地を回ってたらしい。気に入った画題が見つかると腰を据えて描き始めるそうだけど、長くて数ヶ月、短ければ数週間ほどで次の場所へと移るらしい。だから、硯ちゃんは転校をくり返していて、友だちらしい友だちができなかったそうだ』

『そうなんだ……』

硯ちゃんが言ってたことの意味が何となく分かったような気がした。

『絵を描き終えると契約している画商に送り、稼いだお金は次の画題を探すための旅費と画材代に消えてしまう。その世界では有名な画家だけど、誰でもが知っているというほどではないから、生活は大変だったと思うよ。旅先では絵が好きな人が厚意で二人を泊めたりしてくれただろうけど……。少しでも恩返しができるようにと、硯ちゃんは掃除や洗濯、後片付けなどを手伝ってきたそうだ。いつも大人の顔色を窺《うかが》って、気を遣って暮らしてきたんだろうって、爺さんが言ってた。ちょっと不憫《ふびん》だよな。一番、子どもらしくのびのびと暮らすべき時期にさ』

『じゃあ、ここにも、あまり長くいないの？』

父は首を振った。

『いや、「見たことのない画題を求めて他所《よそ》の国へ行きたい」と墨舟さんが言い出したらしい。流石《さすが》に海外にまで子どもを連れては行けないと、四宝堂の爺さんが預かることになったそうだ』

『そっか』

私はちょっとほっとした。

『あっ、けど硯ちゃんの母さんは？　亡くなったって言ってたけど、うちと一緒？』

母は私を産んですぐに亡くなってしまったという。なので私には母の記憶がない。

『うん、まあね』

父はカウンターから出てくると、レジ横に置いてあるレコードラックに近寄り、踏み台を引き寄せて上の棚から一枚のアルバムを取り出した。ジャケットにはピアノの前でポーズをとった綺麗な女の人が写っていた。

『硯ちゃんのお母さんは、リリー哀川《あいかわ》って名前で何枚かアルバムを出すほどのジャズシンガーだった。けど、五年ほど前に病気で亡くなった』

父は話しながらプレーヤーにレコードをセットした。ほどなくして歌声がスピーカーから流れてきた。

『五歳でお母さんが死んじゃうって……、辛《つら》かったろうね』

『……お前に言われると、ちょっと考えちゃうね』

『私は平気だよ。だって、何も覚えてないんだもの、母さんのこと』

父は返事をせず、じっと回転するレコードを見つめていた。

気が付くと列車が速度を落としていた。

《ご乗車の皆様にお知らせします。強風のため、この先の鉄橋を通過するまで速度を落としての走行となります。そのため各駅への到着が十分から三十分程度遅れる見込みとなっております。なお、今後、雪の影響でさらに遅れる可能性がございます。大

変申し訳ございませんがご了承のほど、お願い申し上げます》

車掌さんも滅多にないことに見舞われているからか、かなり早口だった。

「ちゃんと東京までたどり着くかなぁ……」

珍しく硯ちゃんが弱気な声を零した。

「ジタバタしたって仕方がないでしょう？　ほら、女将さんが持たせてくれたお弁当でも食べましょう」

私は折詰を紙袋から取り出すと、硯ちゃんに渡した。

「そう、だね」

「この列車が止まってしまうほどの雪だったら、お客さんだって明日は誰も来ないわよ。さぁ、心配ばかりしてないで食べましょう」

掛け紙を外し、蓋を開けると、二人の声が重なった。

「これは見事……」

「うわぁ……、美味しそう」

思わず私たちは顔を見合わせた。

天ぷらは海老《えび》とわかさぎ、薩摩芋《さつまいも》、舞茸《まいたけ》、しし唐。ソテーされた鮭《さけ》にはクリームソースが塗《まぶ》され、ほうれん草としめじが添えられている。煮物は穴子《あなご》、大根、人参《にんじん》、里芋、それにズッキーニと絹さやで色どりが加えられている。さらに牛フィレ肉のサイコロステーキに焼き野菜。俵型にまとめられたご飯には胡麻《ごま》と刻んだ紫蘇《しそ》が振りかけてある。デザートはメロンと苺《いちご》だった。

箸を割ると、硯ちゃんは何時ものように、すごい早さで食べ始めた。

「ああ、そんなに慌てなくても、誰も取らないよ」

気が付けば、私は何時ものセリフを口にしていた。考えてみれば、それを最初に口にしたのも、あのころだった。

九月一日、二学期が始まった。普段よりも少し早めに『ほゝづゑ』を出ると、『四宝堂』に足を向けた。『ほゝづゑ』と『四宝堂』は五分ほどの距離だが、学校とは反対側に向かう訳で、正直に言えばちょっと面倒だった。

通用口のインターフォンを押すと、しばらくして「はい……」とお爺さんの声で返事があった。

『良子です、おはようございます。硯ちゃんを迎えに来ました。一緒に登校しようと思って』

『ああ、そうか。もう、そんな時間か』

慌てた様子でインターフォンは切れた。

五分ぐらいは待っただろうか。やっと硯ちゃんとお爺さんが出てきた。

『ランドセルは？』

私の問いに硯ちゃんは手に提げたディパックを掲げた。

『これしか持ってないんだ』

『へぇ、そう』

私は硯ちゃんの後ろでぼんやりと立っているお爺さんに声をかけた。

『お爺さんも一緒に行きますか？』

『いや。先週、転入の手続きはしてきたし、先生もひとりで登校させて問題ないって言ってたから』

『そうですか。あっ、でも今日は始業式だけだから給食はありません。なので昼前には帰ってきます』

私の言葉にお爺さんは困ったような顔をした。

『そうかぁ……。てっきり給食があると思い込んでいた。硯、すまんが帰りに「ほゝづゑ」によって、何か食べてきなさい。今日は忙しいから用意できそうにない』

『ほゝづゑ』の常連さんの多くはツケ払いをしている。もちろん、お爺さんは常連なので、硯ちゃんが飲み食いをした分もツケにできる。

硯ちゃんは黙ってコクリと頷くと、私の後をついて来た。

学校に行ってみると硯ちゃんは私と同じクラスだった。先生なりに四宝堂のお爺さんに気をつかい、同じクラスにしたのだろう。

硯ちゃんは、すっかり学校中の注目の的で、上級生も含めて大勢がクラスに顔を見にやってきた。一学年二クラス、全校児童を集めても三百人ちょっとしかいない小さな小さな小学校に転校生が来た訳で、大騒ぎになるのも無理はない。

『ねえ、良子。あんた、あの子と一緒に登校したよね？　知り合いなの』

クラスメイトの千尋《ちひろ》が私に耳打ちした。

『家が近所なだけだよ。面倒を見てやって欲しいって四宝堂のお爺さんに言われちゃって……。お店の常連さんだから無下に断れなくて』

『へぇ、そうなんだ。でも、ちょっと羨ましい。彼、格好よくない？』

大人びた千尋の言葉に私は首を振った。

その日は、夏休みの宿題を提出したり、二学期の行事に向けて係を決めたりといったことをいくつか済ませると、十一時前には下校となった。私は硯ちゃんと一緒に『ほゝづゑ』に帰ると、カウンターの端に座らせた。

時間は十一時半で、これからランチタイムでお店が忙しくなる時間帯だった。私は硯ちゃんにメニューを渡すと、続けてお冷とおしぼりを出した。

『何が食べたい？　その中から選んでよ』

話しながらエプロンを身に着け、バンダナで髪を覆い隠すように束ねた。硯ちゃんは水をひと口飲むと、メニューを端から順番に丁寧に読み始めた。その間にもお客さんが次々に入ってきて、私は席に案内したり、お冷を出したり、注文を取ったりと何時も通りに働いた。

十分ぐらい経《た》っただろうか。硯ちゃんの前に戻ると、まだメニューを読んでいた。

『決まった？』

そう声をかけると、驚いたように顔をあげた。

『随分と、たくさんあるんだね、メニュー』

『そう？　こんなものじゃない、喫茶店なんて。で、何にする？』

硯ちゃんはメニューを眺めたまま『トースト』と答えた。

『え？　トーストって、普通のトースト？　本当にそれでいいの？』

『……うん』

『なんで？　もうちょっと別なのにしない？　色々あるよ』

モーニングセットでトーストを注文する人はいっぱいいるけれど、お昼に単品でトーストだけを頼む人なんて、初めてだ。

そんな私たちのやり取りに気付いた父が口を挟んだ。

『なんだ、お金を心配してるのか？　大丈夫、硯水さんから何でも好きな物を食べさせてやってくれって電話があった。月末に硯水さんがまとめて払ってくれるから、安心して好きなものを頼みな』

父の言葉に硯ちゃんは目をぱちくりとさせると、またメニューと睨《にら》めっこを始めた。

しばらくして近くを通りかかった私を呼び止めると『おすすめってある？』と小さな声で質問した。

『そうねぇ、そんなにお腹《なか》が空いてないなら、ピザトーストなんてどう？　しっかり食べたいなら、スパゲティのナポリタンとか、ハヤシライスとかオムライスなんかも美味しいよ』

『じゃあ、そのピザトーストにする』

『え？　ああ、そう。はい、じゃあ、ピザトーストね』

硯ちゃんは私にコクリと頷いた。

私は伝票に「ピザT・1」と書き込むと、手を洗い直し、食パンを取り出した。それを三センチぐらいの厚さにカットしていく。

『えっ、君が作るの？』

硯ちゃんは驚いた様子でカウンターから身を乗り出した。

『うん。トーストとかサンドイッチ、それにホットドッグみたいな簡単なものは、私が担当することになってるの。まだスパゲティとかオムライスみたいに火を使うものは作らせてもらえないんだけどね』

切った食パンにトマトソースを塗ると、みじん切りにした玉ねぎをちらし、シュレッドチーズをたっぷりとのせる。ピーマンとサラミをのせた上に、さらにチーズをちらしてオーブントースターにセットする。

空いた手で用意してあったミニサラダを冷蔵庫から出し、フォークと一緒に硯ちゃんの席に出した。

『すごいね……、ちょっと驚いた』

感心したといった様子の声に私は嬉《うれ》しくなった。

『そお？　それほどでもないよ。ああ、セットのドリンクだけど、何がいい？　温かい珈琲か紅茶、冷たいのならアイスコーヒーかアイスティー、それにオレンジジュースと牛乳もあるよ』

『じゃあ、オレンジジュース』

思わずクスッと笑ってしまった。

『お子ちゃまね？　アイスコーヒーとかでなくていいの？』

『うーん……、僕、コーヒーって飲んだことがないんだ』

『へぇ？　本当。なら、無理に背伸びせずにオレンジジュースにしておきなさい』

私はお姉さんぶって、オレンジジュースを出した。

ちょうど空っぽになったので、ジュースの入っていた紙パックを水ですすいでゴミ箱に捨てようとした時だった。『あっ』と硯ちゃんが声をあげた。

『なに？』

『それ、捨てるの？』

『うん、空っぽだもん』

私は注ぎ口を見せて、中が空であることを示した。

『……なら、僕にくれない？』

『いいけど、何に使うの』

『紙漉《かみす》きの材料にするんだ』

『紙漉き？　なにそれ』

　思わず聞き返すと、硯ちゃんは『えっ?』といった顔をした。

『……えーっと、紙を作ることだよ』

『へぇ、紙って自分で作れるんだ』

　私は返事をしながら濡《ぬ》れていたところを布巾で拭うと硯ちゃんに差し出した。

『ありがとう』

　捨てる物をあげただけなのに、硯ちゃんは丁寧に頭をさげた。

『やめてよ。そんなのが欲しいなら、いくらでもあげるよ。なんせ毎日たくさんでるから。牛乳とか生クリームとか』

『全部捨ててるの?』

『うん』

『もったいない……』

　心底もったいないと思っていることが伝わってくるような声だった。

『なら、とっておいたら、もらってくれる?』

『うん、もちろん』

　硯ちゃんの顔がパッと明るくなったのに合わせるように、トースターが「チン!」と鳴った。

火傷《やけど》に気を付けながら取り出すと、ざっくり四等分するように包丁を入れ、紙ナプキンを敷いたお皿のうえに載せて硯ちゃんに出した。

『はい、お待たせ。熱いから、気を付けてね』

そう言い終わる前に、硯ちゃんは『いただきます！』と頭をさげるなりピザトーストを頬張った。

『熱っ！　うっ、うま』

硯ちゃんは目を白黒させた。

『ああ、そんなに慌てなくても、誰も取らないよ』

思わず声をかけると、硯ちゃんは頷きながらも、そのままのスピードで食べ進めた。

これまで何回もピザトーストを作ったけれど、こんなにも美味しそうに食べてくれる人は初めてだ。正直に白状すると、すごく嬉しかった。

三分とかからずに食べ終えた硯ちゃんは私の顔をしげしげと見て深く頷いた。

『とても美味しかった、ごちそうさまでした。こんなに美味しいものを食べたのは生まれて初めてだと思う。……君は凄いね』

真顔の硯ちゃんに柄でもなく照れてしまった。

『大袈裟《おおげさ》だなぁ……』

この時、素直に『ありがとう』と言えていたらと、時々思うことがある。

翌日からも、しばらくは一緒に登校したけれど、そのうちに硯ちゃんに男の子の友だちができ、いつのまにかバラバラに行くようになった。

それでも給食のない土曜日は、必ず『ほゝづゑ』によって、お昼を食べてから四宝堂へと帰っていった。注文は毎回必ずピザトースト。

『飽きないの？』と尋ねると『うん、ちっとも』と、しつこいぐらいピザトーストばかり食べていた。結局、三ヶ月ぐらい、ずっとピザトーストで、何かの拍子にホットドッグを食べてみて、今度はそればっかり三ヶ月……。そんな具合だから、いまだにうちのメニューを全部は食べたことがないはずだ。

そして、うちに来るたびに、私が貯《た》めておいてあげた空の紙パックを、大事そうに持って帰っていった。

『あれからずっともらってくれてるけど、本当に使い道があるの？　結局、硯ちゃんの家で捨ててるってことはないでしょうね？』

『まさか……、ちゃんと使ってるよ。水にしっかりと浸して、フィルムを剝がしてから紙の繊維がバラバラになるように、丁寧にかき混ぜて、どろどろになったものに糊《のり》を少し混ぜて紙漉き用の型枠ですくって乾かせば、葉書とか画用紙としてまた使えるんだ』

『へぇ、そう。なら、そのうち私にも何かちょうだいよ』

硯ちゃんは、目をぱちくりとさせて私を見つめた。

『うん、いいよ、分かった。約束する』


結局、お弁当を食べ終えるのに硯ちゃんは十五分ぐらいはかけてくれた。缶ビールをちびちびと飲みながら、天気の心配などをしていたこともあるだろうけど、硯ちゃんなりに気をつかってくれていることが伝わってきた。

遅れること十分、私が食べ終えると「ゴミを捨ててくる。ついでにマスターに電話して雪の様子を聞いてみる」と硯ちゃんはスマホを持って席を立った。

「ああ、それなら、私が電話しようか？」

「いや、大丈夫。もしかしたら外で融雪剤を撒《ま》いたりしていて気が付かないかもしれないし。その時は商店会の誰かに電話してみる」

銀座には十を超える商店会があり、四宝堂もうちも同じところに入っている。数年前に硯ちゃんは周囲に推されて理事になった。その兼ね合いで以前よりも親しい経営者が随分と増えたようだ。

「じゃあ、ちょっと行ってくる」
ゴミを抱えて通路を進む硯ちゃんの背中を見て、私は授業参観の日を思い出した。

四年生の二学期もあっと言う間に後半となり、十一月になった。そして文化の日を迎えた。私たちの通う小学校は文化の日を「学校公開日」としていて、いわゆる保護者による授業参観を行っていた。時代は昭和から平成へと変わってはいたけれど、やはり参観に訪れる保護者の大半はお母さんで、お父さんやお祖父ちゃんといった男性が顔を出す家庭はまだ珍しかった。そんなこともあって、私は授業参観が嫌いだった。父が来てくれるのは嬉しかったけど、やはり男親は目立ってしまう。美容院で髪をきれいにセットして、おしゃれな服装で学校へ来るお母さんを持つクラスメイトがうらやましかった。けれど、父が授業参観を楽しみにしていることは分かっていたので『こないで！』とは言えなかった。

その年の私のクラスは、国語の授業が参観科目にあてられていて、父と連れ立って四宝堂のお爺さんも見に来ていた。やはり、今年もほとんどがお母さんばかりで、父とお爺さんはとても目立った。

始業前に後ろを振り返ったクラスの悪ガキが『女の中にオッサンが二人！』と小声

で囃《はや》した。そのひと言に、クラスの男子がクスクスとが笑い出した。するとクスクスと笑い出した。すると別な一人が『違うだろ、オッサンとジイサンだ』と大声で囃し立てた。

大騒ぎの男子に文句も言えず、私はずっと俯《うつむ》いていた。ふり向いて手をふったりしてあげたら、きっと父は喜ぶと分かっているのに。

隣の席に座っていた硯ちゃんは、ちらっと私を見やると、すくっと席を立ち、保護者たちが立ちならぶ後ろへと歩いて行った。私は慌ててふり向くと、『ちょっと』と声をかけたけれど、間に合わなかった。

硯ちゃんは四宝堂のお爺さんに近づくとハッキリと聞こえる声で言った。

『お祖父ちゃん、お店が忙しいのに来てくれてありがとう』

そして、『頑張るからね、僕』と続けた。お爺さんは大きく頷くと『ああ、うん』と静かな声で返事をした。突然のことに、悪ガキどもは何の反応もできないようだった。ふと視線をあげると、お爺さんの横に立っていた父と目が合った。父は声を出さずに『りょうこも、がんばれ』と口を動かした。私は小さく頷いた。ちょうどその時、先生がやってきて始業のチャイムが鳴った。

その日の授業は詩の発表だった。先週までに作詩の基礎を教わっていて、この日までに『学校』『友だち』『家族』という三つのテーマからどれかを選び、作ってくるようという宿題が出されていた。

　正直に言って、詩なんて何をどう書けばよいのか、ちっとも分からず、私はずーっと考えるのを先延ばしにしていた。結局、昨日の晩になって『学校』を選び、適当に入学してからの思い出を詩っぽく書いて無理矢理に終わらせた。とてもではないけれど、みんなの前で発表できるような出来栄えではなかった。

『じゃあ、誰か発表したい人』

　先生がそう言うなり教室内を見渡した。

　みんなが一斉に視線をさげるなか、一人だけ手を挙げる子がいた。

『はい！』

『はい、じゃあ、宝田君』

　私は驚いて隣の硯ちゃんを見た。その横顔は何時になく真剣そのものだった。

　私の視線に気付いたのか、ちらっと、こちらを見やると小さく頷いて席を立ち、半分に折った作文用紙を片手に持つと、しっかりとした足取りで教壇へと進んでいった。

　真《ま》っ直《す》ぐに伸び、凛《りん》とした空気に包まれた背中は、なんだか何時も見ている硯ちゃんとは違う子のようだった。

　硯ちゃんが黒板の前に立った。

『はい、では宝田君。えーっと、テーマは「友だち」だったわね』

硯ちゃんは頷くと作文用紙を広げた。

『おい！　宝田、格好つけんなよ』

悪ガキの一人が囃し立て、つられて何人かの男子が笑った。保護者席のお母さんたちもヒソヒソと話し始める。

『はい、静かに』

先生が注意すると、教室がしんっと静まり返った。

『じゃあ、準備ができたら、はじめてちょうだい』

先生の声に深く頷くと、硯ちゃんは深呼吸をひとつしてから朗読を始めた。

【友だち

宝田　硯

生まれてから僕はずっとひとりぼっち
けれど、さびしいと思ったことはなかった

生まれてから僕はずっと旅ばかり
春から夏にかけては北を、秋から冬にかけては南を
美しい景色をたくさん見たはずなのに、何も思い出せない
僕はひとりぼっち

なぜ、何も思い出せないのか、ずっと不思議だった
けれど、最近その謎がとけた
何も思い出せないのは、ひとりぼっちだったから

この夏、僕は東京へたどり着いた
ごみごみとして、美しいところではないけれど
僕にはたくさんの思い出ができた

これからもっとたくさんの思い出をつくりたい
ひとりぼっちだった僕に
手を差しのべてくれた友だちと】

その声は心に深く響いた。気が付けば私は手を叩《たた》いていた。拍手はだんだんと大きくなり教室中を包んでいた。

その晩、父は『ほゝづゑ』を早仕舞いし、お爺さんと硯ちゃんを招いての夕食会を開いた。父が腕によりをかけて作ってくれた御馳走《ごちそう》は、実の娘である私が言うのも何だけれども、本当に美味しかった。よほどに楽しいのか、父もお爺さんも上機嫌で、随分とたくさんのお酒を飲んでいた。

二人が盛り上がるのを他所に、私は硯ちゃんと自分の部屋に戻った。

『へぇ、自分の部屋があるんだね……』

部屋に足を踏み入れるなり、硯ちゃんは物珍しそうに見回した。

『硯ちゃんはないの？　お店の上に部屋がたくさんありそうだけど』

硯ちゃんは軽く首を振った。

『部屋は一杯あるんだけど、お店の在庫とか、帳簿みたいなものとか。なんか、色々と保管しているものが多くて……。だから僕の部屋はないよ』

『そう、なんだ……』

私は勉強机の椅子を硯ちゃんに勧め、自分は床のクッションに座った。

『今日の詩、すごく良かったよ』

『ありがとう……』

硯ちゃんは照れ臭そうに笑った。

『なんで、あんなに上手にできたの？』

ちょっとした好奇心だった。

『……、なんでって、僕にもよく分からない。ただ』

『ただ？』

『君とポストの前で話をしたことがあったでしょう？　あの時の気持ちをそのまま作文用紙に書いてみたんだ』

嬉しいような、ちょっと恥ずかしいような、なんだか良く分からない気持ちで胸がいっぱいになった。

『でも、それで、あんなに上手に作れるものなの？　普段から詩を書いたりしてるんじゃない？』

慌てて話を掘り下げるような質問をして誤魔化した。

『うーん。……あの、あんまり、人に言ったことないんだけど。いいなって思った詩とかに出会ったら、書き写すようにしてるんだ』

まったく予想していない方向に話が進んで、私は少しばかり慌てた。

そんな私を他所に、硯ちゃんはポケットから小さな手帳を取り出した。それは黒いカバーで背表紙のところに細い鉛筆が差してあった。金文字で『Jet－ace MEMORIAL BOOK』と刻まれ、どう見ても小学生が持ち歩くような物には思えなかった。

『ついこの前まで僕は父さんと日本中を渡り歩いてた。父さんは風景を専門に描く画家だから、あちこちの風光明媚《ふうこうめいび》と言われる所にばかり行くんだけど、だいたい、そういう所には、あれこれと説明するような看板が置いてあるんだ』

『へぇ……』

風光明媚なんて四文字熟語がさらっと出てくる十歳なんて見たことがない。時々、硯ちゃんは大人びているのか、子どもっぽいのか分からなくなる。

『そういうところには地元出身の詩人や俳人なんかが詠んだ詩とか句とかが書いてあることが多いんだ。で、読んでみて、いいなって思ったら書き写すようにしてる。だって、読んだだけじゃあ忘れちゃうでしょう？　それに、そこにまた来られるとも限らないし……』

差し出された手帳を私は受け取った。

『見てもいいの？』

硯ちゃんは黙って頷いた。

開いてみると、そこには丁寧な字で、細かく書き込みがしてあった。詩とか短歌、俳句が書いてあり、その下にはどこで見つけたのかや日付、作者の名前などが記してあった。ざっと見て、五十篇《ぺん》ぐらいの詩や短歌、俳句などが書いてあるようだった。

『なんか、凄いね。硯ちゃんって、本当に小学四年生？』

硯ちゃんはきょとんとした顔で小さく首を振った。

『そんなことないよ。ただ写してるだけなんだから。簡単なことさ』

なんだか急に自分が子どもっぽいように思えて、恥ずかしくなった。

慌てて、私は本棚の隅に立て掛けておいたレコードを取り出した。

『じゃーん、これ、私からのプレゼント。今日の発表がとっても良かったから、御褒美に聞かせてあげる』

それは、父に教えてもらったリリー哀川のアルバムだった。

『誰、その人？』

『えっ？　知らないの』

ちょっと驚いた。

『うん……。綺麗な人だね』

『あなたのお母さんだって聞いたんだけど……』

『……そうなんだ』

何だか急に、自分がとても酷《ひど》いことをしているような気がしてきた。

『ごめん……。知ってると思ったから』

硯ちゃんは私の手からアルバムを受け取ると、じっと見つめた。

『僕が覚えている母さんの顔は、もっと痩せていて……、こんなお化粧をしているところも見た覚えはないから。てっきり違う人かと思った。けど、よく見たら母さんの顔のように思えてきた』

『あの、本当にごめんね、余計なことして。なんか無神経だったかも』

硯ちゃんは首をゆっくりと振った。

『そんなことないよ。父さんは思い出すのが辛いみたいで、僕には何も話してくれないんだ……。でも、僕は母さんのことを知りたいと、前々から思ってた。良子ちゃんは、どうなの？　君は僕よりもずっと小さなころに、お母さんを亡くしたって祖父ちゃんから聞いたけど』

『……私が生まれてすぐに母さんは死んでしまったから、私は何にも知らないの。知ってると思い込んでいるものは、どれも父さんから聞いた話。出会って、大恋愛の末に結婚して、私が生まれて……、そして亡くなるまでのね。何回も何回も同じ話を聞いたから、すっかりそれが本当のことだと思い込んでるけど……。きっと父さんのことだから、私に嫌な思いをさせまいと、色々と作っちゃってるところがあると思う』

『そうなんだ……。でも、うちみたいに何にも話してくれないのと、君のところみたいに色々と話してくれるのと、どっちがいいんだろうね』

『さぁ……』

硯ちゃんはアルバムを私に差し出した。

『これ、聞くことはできるの？』

『うん、そりゃあ、まあ。そのつもりで用意したんだけど……』

『聞かせてよ』

硯ちゃんは私の顔をじっと見た。

『いいけど……、大丈夫？』

『うん』

私は黙って硯ちゃんの手からアルバムを受け取った。テントウムシの形をしたポータブルプレーヤーの電源を入れると、レコードをセットし、そっと針を落とした。

少しすると静かなピアノが流れた。そのメロディにすっと乗るように女性の声が響いた。ピアノと声が囁き合うようなパートがしばらく続いたかと思うと、いつの間にかベースとドラムがリズムを刻んでいた。

歌詞はどれも英語みたいだけど、時折り日本語が交じり、それが独特の柔らかさを醸し出していた。

三十分ほどでA面が終わった。硯ちゃんは椅子の背もたれに体を預けて、ぼんやりと窓の向こうを見つめていた。

私は黙ってB面をセットした。こちらはライブ演奏を収録したもののようで、ざわざわとした客席の息づかいや、拍手、口笛が曲の合間に残されていた。

こちらも三十分ほどの演奏の最後に『サンキュ』という短い言葉で締めくくられた。

『これが、僕の母さんの声なんだね……』

『覚えているものと違った？』

『どうだろう……、分からない。話している声と歌声は違うからね。それにジャズっていうのかな？　英語みたいな歌詞だったし』

「そっか……」

私はプレーヤーのスイッチを切った。

『ありがとう、素晴らしいプレゼントを用意してくれて。なんだか母さんに褒めてもらったみたいで嬉しいよ』

硯ちゃんは椅子から立ち上がると姿勢を正して頭をさげた。

『やめてよ、お節介なことをしちゃったって反省してるんだから……。あっ、そうだ、これ貸してあげるよ。良かったら持って帰って。本当はお店のものなんだけど、きっと父さんもいいよって言うと思うし』

私はプレーヤーからレコードを外すとジャケットに仕舞い、硯ちゃんに差し出した。

『ううん、いいよ。祖父ちゃんのところには小さなラジカセはあるけれど、レコードプレーヤーはないんだ。だいたいレコードなんて僕は一枚も持ってないから、ちゃんと仕舞っておく自信がないし。それに「ほゝづゑ」にあるってことが分かったから、聞きたくなったらここに来るよ』

『いいの?』

『うん』

その後、一階のお店に降りてみると、父もお爺さんも酔いつぶれていた。硯ちゃんは器用にお爺さんを立たせると、肩を貸して歩き出した。

『大丈夫？　無理しないで、そのまま寝かせておいたら？』

硯ちゃんは小さく首を振った。

『父さんで慣れてるから大丈夫。四宝堂はすぐそこだし……。じゃあ、おやすみ』

『おやすみ』

店を出て、ふらりふらりと揺れながら遠ざかる二人の背中が角を曲がるまで、私はずっと見つめていた。

お店を覗くと、トイレに立ったついでに上にあがったのか、いつの間にか父の姿はなかった。私は自分の部屋にアルバムを取りに戻ると、お店のオーディオにセットした。本当はCDに録音できれば良いのだが、『ほゝづゑ』のオーディオはカセットにしか録音できない古いものだった。父が買い置きしておいたテープの封を切ってセットすると、レコードに針を落とし、静かに『REC』のスイッチを押した。

「東京も降り出したそうだよ」

席に戻ってくるなり硯ちゃんは大きな溜め息をついた。列車は相変わらず徐行運転のままで、最初の停車駅にも、まだ到着していなかった。

「もう一時間は遅れてるよね」

「うん……、こんなことなら無理しなければ良かった」

硯ちゃんにしては珍しく後悔するような言葉を零した。

「何を言ってるの、もう遅いわよ。ジタバタしても仕方がないんだから」

硯ちゃんは私をちらっと見やると「あーあ」と零し、足を組むと目を瞑《つむ》った。

「そうそう、大人しく寝てなさい」

私は膝の上の文庫本を手に取り、頭を少しだけだした栞に再び目をやった。大事に使ってきたつもりだけど、もう随分と古びていた。


授業参観で硯ちゃんが朗読した詩を私はとても良いと思ったけれど、都の作詩コンクールに出品されたのは、別の子の作品だった。後で聞いた話だけれど、あまりに大人びていて、小学生らしさが感じられないという理由で選ばれなかったそうだ。

『ひどいよねぇ』

憤慨する私に硯ちゃんは小さく肩をすくめて『仕方がないよ。僕は良子ちゃんに褒めてもらったから、それで十分』と取り合わなかった。

それから社会科見学があって、クラス対抗の大縄飛び大会があってと、二学期はどんどんと過ぎて行った。あれこれと行事をこなすうちに、硯ちゃんはすっかりクラスに馴染み、悪ガキ連中とも仲良くサッカーボールを蹴ったり、野球をするほどの仲になった。

そして気が付けばクリスマスイブを迎えていた。毎年のことだけれど『ほゝづゑ』では、常連さんの注文に応じてクリスマスケーキを用意している。だいたい一週間ぐらい前に注文を締め切り、二十三日は普段よりも早くに店を閉めて作り始める。

父と二人がかりで必死に頑張り、日付が変わるころに全てのケーキを作り終えた。

ふと窓の外を見ると雪が降っていた。

『見て、雪！』

『おー、ホワイトクリスマスか……。けど、積もらないといいな。なんせ雪かきが大変だから。それに客足が落ちてしまう』

『もう、せっかくロマンチックなクリスマスになりそうなのに』

私が唇を尖《とが》らせると、父が訝《いぶか》しそうな顔をした。

『まさか、もう彼ができたとか言うんじゃないだろうな』

『えっ？　まっ、まさかぁ』

声が裏返り、我ながら変な反応をしてしまったと思った。

『そう言えば、なんか手紙を書いたりラッピングしたりしてたよな？　おい、誰なんだ相手は？　まさか男じゃないだろうな？　もしかして父さんの知ってる奴《やつ》か』
『違う、違うって。あれは、そんなんじゃないって』
私は慌てて自分の部屋へと逃げ込んだ。

夜が明けて朝になった。雪は薄《う》っすらと積もる程度だったけど、その後も降ったり止《や》んだりをくり返していた。

お店には開店直後から予約をしていたお客さんが次々とケーキを受け取りにやってきた。けれど、四宝堂のお爺さんは一向に姿を現さない。代わりに硯ちゃんが取りにくるかと思ったけど、それもなかった。

『忘れちゃってるのかな？　届けに行こうか』

私の声に父が首を振った。

『慌てなくても閉店までは、まだ時間がある。向こうにも都合があるかもしれないんだ、待ってなさい。だいたい、四宝堂だって書き入れ時なんだ。クリスマスってのは、プレゼントに万年筆や高級なボールペン、舶来品の手帳なんてのを贈る大人が結構多いんだ。それに年末ぎりぎりになって年賀状の印刷を頼みにくる客も結構いるらしい。頼まれもしないのに届けに行ったりしても迷惑がられるだけさ』

父の言う通りだと分かっていても、気になって仕方がなかった。

午後になると『ほゝづゑ』には、クリスマスデートの待ち合わせといったお客さんがひっきりなしにやってきて、目が回るほどの忙しさになった。大体の人は待ち合わせ時間の十分前ぐらいに、どちらか片方が先に来て、少し遅れて相手がやってくるとすぐに出て行ってしまうといった調子で次々に客が入れ替わる。

夕方から雪は本降りとなり、すでに五センチぐらい積もり始めていた。足を滑らせまいと、肩をよせ合って銀座の街へと消えて行く人たちは、誰も彼も幸せいっぱいといった様子で、クリスマスイブという特別な日の銀座でのデートを満喫している。

『ねえ、父さん。私みたいな銀座生まれで銀座育ちの女の子は、クリスマスデートにどこへ行けばいいんだろう？』

父は白けた顔で『そんなことを考えるのは十年早い』と首を振った。

気が付けば閉店まで、あと十分という時間になっていた。ドアが開く音に条件反射で『いらっしゃいませ』と応えると、そこには硯ちゃんが立っていた。手には傘があったけれど、風が強いからか羽織っていたダッフルコートは雪に覆われて、真っ白だった。

『あの、これ』

硯ちゃんは予約の時に渡したケーキの引換券を差し出した。

『もぉ、来ないのかと思った』

私は冷蔵庫にひとつだけ残っていたケーキの箱を取り出した。

『ごめん。本当はもっと早くに来るつもりだったんだけど……。プレゼント用の包装とか、印刷した年賀状の配達とかをしてたら夕方になっちゃって。さあ、出ようと思ったら積もり始めたから雪かきを頼むって言われちゃって……』

やっぱり父の言った通りだった。思わず溜め息が零れた。

『でも、良かった。来年からは取りにこられそうになかったら電話をちょうだい。そうしたら私が届けてあげるから』

『えっ、出前までしてくれるの？』

目をぱちくりとさせた硯ちゃんの顔を久しぶりに見たような気がした。

『普通はしないわ、常連さんだけ特別によ』

私はケーキを手提げの紙袋に入れるとカウンターから出て硯ちゃんに手渡した。

『はい、「ほゝづゑ」特製のクリスマスケーキ。防腐剤とかは何も入れてないから、遅くとも明日の昼ぐらいまでには食べちゃってよ』

私は父がお客さんに説明している様子を真似した。

『うん、ありがとう。晩ご飯の後に食べるよ』

硯ちゃんは紙袋を受け取ると、それを片手に提げ、空いた手でコートのポケットから何かを取り出した。それは、小さな封筒だった。

『あの、よかったら、これ……、もらってくれない？』

私は硯ちゃんが差し出した封筒を受け取った。

『なに？　これ』

『……クリスマスプレゼント。でもね、僕、人にプレゼントなんてあげたことがないから、何を渡せば喜んでもらえるのか分からなかったんだ。だから、良子ちゃんが期待するような物じゃないかもしれない』

『ありがとう……。ねぇ、開けてもいい？』

『うん』

レジに置いてあるハサミで封を切ると、中からは一枚の栞が出てきた。

『わぁ……』

それは少し厚みのある手漉き和紙に、薄い青でマーブル模様が描かれていて、穴を開けた場所には紺色のリボンが通してあった。隅の方には筆記体で『K to R』と記されている。

『なんかきれい。栞？』

硯ちゃんは小さく頷いた。

『良子ちゃんは、よく図書館に行くみたいだから……。使ってもらえるかなって』

私のことなんて興味ないと思ってたから驚いた。

『いつもくれる紙パックがあるでしょう？　あれを使って漉いた和紙に墨流しっていう方法で柄を付けたんだ』

『これ、硯ちゃんが自分で作ったの？』

硯ちゃんはニッコリと笑った。

『前に約束したでしょう？　紙パックで作ったものを何かあげるって』

『覚えててくれたんだ……』

何げない言葉をちゃんと受け止めて、忘れないでいてくれたことが嬉しかった。

硯ちゃんは照れ臭そうに頭を掻くと『じゃあ、またね』と踵《きびす》を返そうとした。

『あっ、ちょっと待って』

私はレジ横の引出しから小さな包みを取り出した。

『これ、お返しって訳じゃないんだけど……。メリークリスマス』

『えっ、プレゼントを用意してくれてたの？』

私が差し出した包みを受け取りながら硯ちゃんが尋ねた。

『うん、まあね』

硯ちゃんは戸惑ったような、恥ずかしいような笑みを小さく浮かべた。

『ありがとう……。何だろう？　開けてもいい？』

『もちろん』

私は渡したばかりのケーキが入った紙袋を預かった。硯ちゃんは丁寧にリボンを外すと包装を解いた。

『これって、カセットテープだよね？』

『うん。ラジカセはあるって言ってたでしょ？　だから、一緒に聞いたアルバムをダビングしておいた』

『……ありがとう。レコードをカセットテープにダビングできるんだね？』

『本当はCDとかの方がいいんだろうけど……。「ほゝづゑ」の古いオーディオだとカセットにしか録音できなくて』

硯ちゃんは小さく首を振った。

『むしろカセットテープの方がいいよ。なんせ、祖父ちゃんの家のラジカセは本当に古くて、カセットしか聞けないんだから』

硯ちゃんがケースを開くと、内側に小さく折り畳んだ紙が顔を覗かせた。それはアルバムに同封されていた歌詞カードを書き写したものだった。

『これ、全部、良子ちゃんが書いたの？　英語の歌詞ばっかりだけど』

硯ちゃんはケースをポケットにしまうと紙を広げた。私が持っているレターセットの中で一番気に入っているのに、もったいないからと一回も使ったことがなかったものを思い切って開けてみたのだった。

ボールペンは『ほゝづゑ』の常連で貿易会社の社長さんをしている人からもらったフランス製の青いインクのものを使ってみた。ちょっと独特の書き味で、しかも慣れていない英語を書くのはかなり難しかった。

柔らかにクリームがかったような紙に、紺に近い青いインクは、私の拙《つたな》い英語でもお洒落《しゃれ》に見えるような気がした。

『うん、まあね。なんせ書き写すだけだから。でも、もしかしたら書き間違いがあるかも。だって英語なんて、まだ習ってないから。だからね、間違ってても怒ったりしたら嫌だよ』

私が唇を尖らせると、硯ちゃんが大きく笑った。

『ありがとう、大切にするよ』

『私の方こそ、ありがとう。大事に使うね』

さっきから父がこちらを気にしてキッチンから顔を出したりひっこめたりしていることは気がついていた。けれど、あと少しだけ邪魔をしないで欲しかった。

『ほら、早く帰らないと』

『うん』

硯ちゃんはカセットケースに歌詞カードを仕舞いながら頷いた。

『本当にありがとう。僕、これまでクリスマスに何か特別なことがあったことなんてないんだ。だから、クリスマスの何がそんなにいいんだろう？　って思ってた。けど、少しだけど、分かったような気がする。きっと、君のお陰だね。ありがとう』

硯ちゃんは姿勢を正して頭をさげた。

『やだなぁ……、大袈裟だよ。さぁ、気を付けて帰って』

私は硯ちゃんの背中を押して一緒にお店の外へとでた。

『うわっ、ちょっとの間に、また、こんなに積もってる……』

あたりは真っ白で、ところどころ通り過ぎた人の足跡がくっきりと残っていた。ちょうど私たちの横を配達の軽トラックが通り過ぎると、車道には二つの轍《わだち》が現れた。

『滑らないようにね。転んじゃったらケーキが崩れちゃう』

『うん、気を付けるよ。あのね、こういう雪が積もってるときは、白線とか、マンホールとかを踏まない方がいいんだよ。アスファルトよりも滑りやすいから』

こんな時に蘊蓄《うんちく》かい！　と突っ込みたくなったけど黙っておいた。

『じゃあ、おやすみ』

硯ちゃんは傘を差した。

『おやすみ、じゃなくて、メリークリスマスって言うんだよ。一年で今日しか言えないんだから』

私の声に小さく笑うと硯ちゃんは頷いた。

『君は物知りだな……。じゃあ、メリークリスマス』

『メリークリスマス』

私は遠ざかって行く背中を見えなくなるまで見つめ続けた。


「良子、良子ってば。ねぇ」

硯ちゃんの声でハッと目を覚ました。いつの間にか眠ってしまったようだ。

「どこ？　ここ」

硯ちゃんは終点の駅名を告げた。

「えっ？　何時の間に」

「さっき着いたばかりだよ」

「うわ、ごめん。寝ちゃってた」

急いで席から立ち上がろうとした。

「そんなに慌てなくても大丈夫だよ」

硯ちゃんは網棚から降ろした私のボストンバッグを自分が座っていた席に置いた。

私は栞が挟まっていることを確認し、膝の上の文庫本をバッグに仕舞う。

立ち上がると硯ちゃんがコートを広げてくれた。昔は私よりもずっと背が低かったのに、中学二年の夏に追い抜かされて、今では私よりも頭ひとつ分ぐらい高い。

私は「ありがとう」と素直に腕を通した。下手な人がやるとキザに見えるのに、硯ちゃんは大学を卒業してから四宝堂に戻ってくるまでの間、老舗《しにせ》ホテルで働いていたからか、なかなか様になっている。

「まあ、それにしても僕らは運がいいよ。二時間遅れだけど、ちゃんと終点までたどり着いたからね。次の列車は峠の手前で立往生して、朝まで動けないらしい。さらにその次の列車は運休だって。やっぱり、あの時間に出てきて正解だったよ」

「ふーん、そうなんだぁ……」

マフラーを首に巻きながら私は気のない返事をした。窓から見える街並みは真っ白で、東京としては記録的な大雪であることは間違いない。

「帰ったら入口の近くと歩道だけでも雪かきをしておかないと。このまま朝まで降り続いたら、明日の朝は大変なことになりそうだね」

私の視線を追いかけるようにして外を見やった硯ちゃんが呟いた。

「もう、さぁ、雪が降ったら、どこもかしこも、ぜーんぶお休みっていう決まりでも作ってくれないかしら……」

そう大きな溜め息と一緒に零すと、硯ちゃんは「ハメハメハ大王の子どもじゃないんだから……」と笑った。

すでに乗り継ぎの列車は終電が出てしまっているようで、仕方がなくタクシー乗り場へと足を向けた。遠方へのバスはまだ動いているからか、タクシー乗り場の列は短く、五分ほどで乗車することができた。

後部座席に納まると、硯ちゃんが行き先を告げた。運転手さんはベテランのようで、頭もたっぷりと蓄えた髭《ひげ》も真っ白だった。赤に近い臙脂《えんじ》色のセーターを身に着けていて、まるでサンタさんみたいだ。

「シートベルトは締められましたね？　では、出発します」

タイヤにチェーンを巻いているのだろうか、普段とは違う乗り心地だけれど、丁寧な運転で、まるで雪原を走る橇《そり》に乗っているようだ。

皇居のお濠《ほり》の石垣も雪化粧をし、遠くに見えるビルたちも普段とは趣きがまったく違い、東京に帰ってきたというよりも、どこか知らない街に来たようだ。

そんなロマンチックな気分に浸っている横で、硯ちゃんが膝に置いた鞄《かばん》の中をガサゴソとかき混ぜ始めた。ガムか飴《あめ》でも探しているのだろうか。「もう！　雰囲気ぶち壊しじゃない！」と言おうかと思っていると、不意に何かを渡された。

「はい、これ。本当は夕飯を食べた後にでも渡そうと思ってたんだけど……」

「え？」

車内灯をつけてみると、それはリボンがかけられた細長い箱だった。

「少し早いけど、クリスマスプレゼント」

リボンを解いて箱を開けると、中には、私が欲しかった万年筆、ペリカンのスーベレーンM400が収められていた。クリップの脇には金色の筆記体で『K to R』と刻まれている。

そして、万年筆には二つに折った小さなカードが添えられていた。そのカードは卵の殻のような柔らかな色合いでザラッとした手触りがした。そう、栞と同じように。

きっと硯ちゃんが手作りしたものに違いない。


【いつも、ありがとう。

これからもよろしく。　　硯】

それは紛れもなく硯ちゃんの字だった。それがだんだんと滲《にじ》んで見えた。

何か言おうと思うのだけれど、どうしても言葉が見つからない。「ありがとう」と口にするのが精一杯だった。

ちょうど赤信号で止まり、車内が急に静かになった。

「どういたしまして」

硯ちゃんの声を聞きながら、私はハンカチでそっと目頭を押さえた。

「……もう、酷いじゃない。驚かせるなんて」

「そう？　ならサプライズは大成功ってことだね」

笑みを零す硯ちゃんを肘で突《つつ》いた。

「もう、本当に……。本当に、ありがとう」

「うん」

硯ちゃんの返事に応えるように信号が青へと変わった。フロントガラスを流れる雪の向こうに四宝堂が見えてきた。

＊＊＊＊

「女将さん、荷物が届きましたよ。郵便と一緒に置いときますね」

従業員は机の端に荷物を置くと、すぐに行ってしまった。モニターで何やら数字を確かめていた女将はシニアグラスを外すと小さく溜め息を零した。

『何を溜め息なんてついてるんだ』

従業員と入れ違いで事務所に入って来た主人が、糊を利かせた真っ白な和帽子を外しながら女将に声をかけた。

「何って……。ここに嫁いでからというもの、溜め息をつきたくなるようなことの連続で、もう癖になってしまってるんですよ。もちろん、お客様の前では、そんなことは許されないから……、せめて事務所にいるときぐらい放っておいてくださいな」

「はいはい」

藪蛇《やぶへび》だったとばかりに、主人は奥のソファへと逃げていった。

「もう……」

女将はそう零すと、届けられた小包を手に取った。送り状の差出人欄には『林田《はやしだ》良子』と認《したた》められている。

包みを開けてみると、焼き菓子が詰められた傍らに封書が一通あった。


【前略　過日、そちらにお邪魔した林田と申します。その節は大変お世話になりました。予想外の大雪とはいえ、お湯までいただいておきながら、宿泊をキャンセルすることとなり申し訳もございませんでした。

それにもかかわらず、列車の切符を手配のうえ駅までお送りくださるなど、本当に親切にしてくださり、ありがとうございました。さらには美味しいお弁当までご用意くださり、重ね重ね御礼申し上げます。

お陰様で無事に東京まで戻ることができました。途中、雪が激しくなりました際には、どうなることかと心配しましたが、ご用意いただいたお弁当のお陰で心穏やかに待つことができました。本当に細やかなお心遣いに深く感謝申し上げます。

一緒にお邪魔した者とは、古い付き合いではありますが、友人のような、従弟《いとこ》のような不思議な距離感がこれまで続いておりました。初めて二人で遠出したにもかかわらず、不意な天候悪化に見舞われるなど、恵まれていないと嘆いておりましたが、結果としては良い旅になったと思っております。

これからも焦らずに、少しずつ距離を縮められるようにしたいと思います。

次こそは、二人でゆっくりと『日本一の朝ごはん』として名高い朝食をいただきに参りたいと思います。その際は、どうかよろしくお願い申し上げます。

本来であれば御挨拶に伺うべきかと存じますが、略儀ながら取り急ぎ書中にて御礼申し上げます。

草々

追伸　同梱《どうこん》の品は、実家で作ったものです。ご笑納いただけると幸いです。】

便箋《びんせん》と封筒は上質な和紙を用いたもので、どちらも左下に小さく『四宝堂』と記してあった。万年筆で綴《つづ》られた字はどれも丁寧で、用いられたインクは奥行きを感じさせる美しい青だった。

「ねぇ、おやつにしようかと思うんだけど、珈琲でいい？」

女将は腰を浮かせて奥のソファへと声をかけた。

「なんでもいいよ」

「もう、たまには自分で考えてリクエストしてくださいな。でも、まあ、今日は焼き菓子をいただいたから、やっぱり珈琲よね」

女将は電気ケトルのスイッチを入れると、珈琲の用意を始めた。

「ねぇ、この前、大雪が降った日があったでしょう？　あの日に慌てて東京に帰ったお客さんを覚えてる？」

「ああ、うん、いたね」

眺めていた新聞から顔もあげずに主人が答えた。

「あのお客さんが手紙を添えてお菓子を送ってくださったわ」

女将が菓子箱と手紙を差し出すと、主人は新聞を畳んで受け取った。

「へぇ、今どきの若い人にしては、しっかりしてるね」

封筒から便箋を取り出すと、ざっと目を通し、菓子箱をしげしげと見つめた。

「このクッキー、なかなか丁寧な作りだけど、『ほゝづゑ』って店は聞いたことがないなぁ」

主人は菓子に添えられたショップカードを手に「銀座にあるみたいだね」と続けた。

「そうなの？　でも、美味しそうね」

「ああ。どれ」

主人は丸いものをつまんだ。

「うん、うまい。ちょっと懐かしい味がする。なんだろう、薄力粉に砂糖、それと卵とバターだけで作った素朴な味とでも言ったらいいんだろうか。それでいて、材料はどれも良いものだけを厳選した」

「良いものだけか……、送ってくださったのは良子さんって方なのよ」

「へぇ、そう。まあ、偶然だろうけど」

のんき気な返事の主人に女将が呆《あき》れたように小さく首を振った。

「本当に良子さんというお名前がぴったりの方だと思うけど……。お相手はどうにも鈍感そうだから……、誰かさんみたいに」

「ん？　なんか言ったか」

「ううん、別に。はい珈琲」

女将は主人の前にカップを置くと、隣に広げたまま置いてあった便箋を封筒に仕舞いなおした。そして差出人の名前に向けて小さく呟いた。

「がんばれ」

くないは、そのままで、本当に『悪くない』です。要するに酷《ひど》い出来とか、箸にも棒にも掛からないと酷評するほどではありません。なんと言うか、その……」

「驚きがない、もしくは、面白くないということですね」

演出家は「へぇ」と零《こぼ》した。

「そこまで分かってるなら、もうひと頑張りして欲しいですね」

私は姿勢を正すと手元のレポートパッドの表紙をめくった。

「分かりました。あの、私からも一ついいですか？」

「どうぞ」

周囲の日本人スタッフが息を飲むのが分かった。この演出家に質問をするなんて、彼らの世界では許されないことなのかもしれない。

「どこまでオリジナルのアニメーションに忠実であることを求めますか？」

演出家はアニメ版の脚本とキャラクターデザインを手がけた総監督で、その独特の世界観からの逸脱がどこまで許されるのかは、私たちのスタジオ内で議論になった。

「まったく気にする必要はありません。私が書いた企画書と台本だけを頼りにゼロから作っていただきたい。……そもそも、アニメと同じものを舞台で演じるなんて、何の意味も見出《みいだ》せません。通底するテーマは同じだとしても、アニメにはアニメの、舞台には舞台の表現があるべきだと思います」

　周囲がざわつき始めた。

「分かりました、考え直します」

　私の返事に深く頷きながら演出家は言葉を続けた。

「ひとつだけ。色は大切にして欲しいと思います。色見本で何番と指定できるような、ありきたりの色ではなく、もっと豊かな色でお願いしたい。そう、文字通り物語に色どりを添えるようなね」

「難問ですね」

「トニー賞を何度も受賞されているディビスさんなら、お茶の子さいさいでしょう」

　私は小さく首を振った。

「舞台装置や美術は大勢で作り上げるものです。私のスタジオのメンバーだけでなく、外部の工房やデザイン会社などの協力も欠かせません。関わる人数が増えれば増えるほど、具体的な数値に置き換えて指示をしなければミスが起きます」

「そんなことはアニメ制作でも一緒です。私も最新のデジタル技術を駆使して作っていますから、スタッフや専門の技術者と意思疎通をする際に曖昧な表現を避けることの重要性は理解しています。ですから色見本の品番をコミュニケーションに使うなとは言いません。ただ、品番まんまの色を使ってパズルのように組み立てられては困るということです」

言いたいことは分からないでもなかった。

「肝に銘じます」

私の返事に満足した様子で演出家は深く頷いた。

「来週、同じ時間にもう一度お会いしましょう」

言葉は丁寧だが、一週間でやり直せということだ。ここまでの扱いは本当に久しぶりだ。まるで無名時代に戻ったようで、腹が立つというよりも、むしろやる気が湧いてくる。

「最善を尽くします」

演出家は席を立つと手を差し出し「期待しています」と言った。ここは握手など求めずに小さく黙礼をして部屋を去るほうが絵になるのにな、と思いながら手を握り返した。

演出家が出て行くのに合わせて、大勢の取り巻き連中もいなくなった。ぽつんと残された通訳に私は頭をさげた。

「勝手に日本語でやり取りをしてしまって申し訳ありませんでした」

「いえ……、こちらこそすみませんでした。私が下手なのが悪いんです」

私は首を振った。

「それは違うと思います。英語力の問題ではなく、演出家に対する、あなたの想《おも》いが邪魔をしているのではと思います。違いますか？」

「……彼がデビューした時からずっと追いかけてきました。いつか彼と仕事をして、一緒に作品を作りたいと。必死に頑張って彼の会社に入ることはできました。けれど、私は絵が下手だし、物語を考えたりもできません。英語でなら、通訳としてなら力になれるかと思って手を挙げたのですが、力不足でした。やはり外部の専門の方にお願いすればよかった」

「彼のことを思うのなら、そのまま訳すことを考えてください、恐れずにね。忖度《そんたく》の混じった意訳では誤解が生じてしまう」

私の言葉に彼女は深く頷いた。

「なので、来週の打合せにも必ず同席して、彼と私を助けてください。頼みますよ」

「私でいいんですか？」

「あなたの助けが必要なのです。もちろん。少しばかり日本語を話せはします。けれど、日本の土を踏んだのは実に数十年振りで分からないことだらけです。だから、ちゃんと私のことを助けてください。私を助けることは、きっと彼を助けることにつながると思います」

「はい……」

「ああ、そうだ、早速ですが……」

私は鞄《かばん》からある品物を取り出した。

「このシールの店がどこにあるか分かりますか？」


翌日、通訳の彼女が地図アプリにマークしてくれた場所へと赴いた。

『最近はあまり見かけない円筒形のポストがあるみたいです。その正面の古い建物が「四宝堂《しほうどう》」というお店のようです』

確かに柳並木の途中に迷子が紛れ込んだように、朱色のポストが立っていた。機能性などは新しい四角いポストの方が優れているのだろうが、愛らしさでこれに勝るデザインはなかなかないだろう。材質は鋳鉄《ちゅうてつ》のようで、防錆《ぼうせい》目的を兼ねてマメにペンキを塗り直しているのか眩《まぶ》しいまでの朱色だった。

「やあ、こんにちは」

なんだか古い友だちにばったりと道端で会ったような気分になって、私はポストの頭を撫《な》でた。そのザラッとした手触りに、前にここへ来たことがあると直感した。

ふり返ると少しばかりの石段があり、その先にガラス戸が控えていた。鏡と見紛《みまが》うほどに磨き上げられたガラスの真ん中には金文字で『四宝堂』とある。私は小さく深呼吸をして息を整えると、石段をあがりガラス戸を押した。

店に入ると、涼やかな空気が私を迎えた。夏本番まで間があるとはいえ、少し歩いただけで汗ばんでしまった体に心地よい。それでいて、冷房を効かし過ぎている訳でもない。清流の上を駆けて来たそよ風に吹かれるような心地よさだ。天井を見上げると大きな羽根のシーリングファンがゆっくりと回っていた。

数歩進むと、ふとシダーウッドのような香りに包まれた。いや、これはお香だろうか。なにか懐かしさを覚える香りだ。

外見は重厚な石造りなのだが、内部は漆喰《しっくい》のような真っ白な壁が印象的で、通りに面した大きな窓から日光が差し込み、とても明るくて軽やかな雰囲気だ。床はワックスをかけて丁寧に磨かれているようで、能舞台のような鈍い輝きを放っている。木を多用した陳列棚には多種多様な文房具が、それぞれに主張しながらも、ひとつの空間として調和している。これは見た目ほど簡単にできることではない。

「Welcome. Thank you for coming. May I hel

p y o u ?」

外国人観光客と思ったのだろう、奥から出てきた店員が私に声をかけた。

「Y e s , I'm l o o k i n g f o r c o l o r e d p e n c i l s」

私は鞄から色鉛筆のケースを取り出した。

「ああ、三菱《みつびし》の色鉛筆、かなり古いものだな」

その店員の独り言に思わず日本語で応えてしまった。

「ええ、そうなんです。なんせ私が小学生のころから使っているので」

口にしてから『しまった……』と思った。英語で話しかけてきた日本人に日本語で返事をしてしまうと、酷く相手の自尊心を傷つけるから気を付けるようにとアメリカを出発する前に友人から教えられていたのに。

けれど店員は気を悪くした様子もなく、照れたような笑みを浮かべて頭をさげた。

「拙《つたな》い英語で話しかけてしまい、大変失礼しました。お許しください」

私は呆気《あっけ》にとられた。

「いや、まったく問題ありませんよ。とても流暢《りゅうちょう》で発音も良いと思います。海外で暮らされていたのですか?」

「とんでもない。昔、ホテルで少し働いていたものですから……。それに場所柄もありまして海外からのお客様も来店されますので、接客で使うものを片言程度。あの、よろしければ、続きはこのまま日本語でお願いできますでしょうか?」

随分と若く見えるけれど、多分、三十代後半といったところだろう。その礼儀正しく、謙虚な姿勢は、私が記憶している人のそれとよく似ていた。

「もちろん。実は母は日本人なのです。それに小学生のころまでは日本に住んでいたんですよ。だから、最初に覚えたのは日本語です。もっとも、中学にあがる少し前にアメリカに渡り、それから何十年も日本に来たことはありません。だから、ちょっと古かったり、おかしな表現があるかもしれません」

店員はポケットから名刺を取り出した。

「四宝堂文房具店の店主をしております宝田《たからだ》 硯《けん》と申します。よろしくお願いします」

驚いた。店員とばかり思っていたら店主だという。こちらも慌ててジャケットのポケットから名刺を一枚取り出した。

「トミー・デイビスです。演劇やミュージカルの舞台装置や美術をデザインする仕事をしています」

宝田さんは私の顔と名刺を見比べて少し考え込むと「あっ」と言葉を漏らした。

「あのブロードウェイ・ミュージカル『サーカス』の美術監督をなさったトミー・デ

イビスさんですか？　えっ、あっ、あの、拝見しました。去年の公演を」

どうやら昨年の日本公演を見たようだ。残念ながら私は別の作品の対応で立ち会うことが叶《かな》わなかった。けれど劇場で販売したパンフレットにはポートレイト付きで私のプロフィールも紹介されていたはずだ。

「ご覧になったのですか？」

「はい。ミュージカルそのものも素晴らしいと思いましたが、あの舞台セットには感動しました。照明だけで表情ががらっと変わり、華やかにも儚《はかな》げにも見える。大掛かりな舞台転換などしていないのに。驚きました」

私は思わず笑みを零した。

「ご覧になった方の記憶に残っただなんて嬉《うれ》しい限りです。しかし、ちょっと反省しなければなりませんね。舞台や衣装は物語を引き立てるためのものであって、俳優よりも目立ってはダメなのです」

私の言葉に「難しいのですね……」と返し、宝田さんは言葉を続けた。

「しかし、様々な国や地域から集まった多様なバックグラウンドを有する出演者をひとつにまとめるシンボルが、あのテントを模したセットだったと思うのです」

そこまで話すと、不意にまた「あっ」と言葉を漏らし宝田さんは頭を掻《か》いた。

「……失礼しました。あまりのことに興奮してしまいました。ご容赦ください」

「いえいえ、ご観覧くださった方の生の声を聴けるなんて滅多にありませんから。しかし、珍しいですね。俳優や演出家、それと脚本家などの名前を覚える人は多いと思うのですが、美術スタッフに関心を持つ人は少ないと思います」

宝田さんは恥ずかしそうに小さく頷いた。

「空間演出に興味があるのです。もともとはお店の陳列などを良くしようと思って、あちこちの高級百貨店やブティックを見て回ったのですが、そのうちに駅や博物館、空港など、より大きな空間の展示に興味が広がりまして。そうこうしているうちに、古い知り合いに引っ張られて観劇に行きましたら、舞台装置の面白さに魅せられてしまいまして……」

なんとなくこの店の緻密に計算された設《しつら》えの秘密が分かったような気がした。やはり、この内装には主人のキャラクターが投影されているのだ。

「さて、ファンとしての私の興味関心はさておき、お客様であるデイビス様の御用をお伺いしたいと存じます」

宝田さんはそう言うなり姿勢を正した。さっきまでの無邪気さが影をひそめ、文房具店の主《あるじ》の顔になった。

「これと同じものは取り扱いがありますか？　随分と短くなってしまった色がいくつかあって、買い替えたいのです」

「色鉛筆ですね」

私が差し出したケースを両手で受け取ると、宝田さんは「どうぞ、こちらへ」と先に立って奥の売り場へと進んでいった。

「色鉛筆はこちらにございます。普通の文房具店ではセット売りが大半だと思いますが、当店ではバラ売りも充実させています」

売り場には多種多様な色鉛筆がびっしりとならんでいた。

「壮観ですね……」

「ありがとうございます。こちらの商品は随分と前のもののようですので、ずばり同じものではありませんが、この『色鉛筆880』シリーズが近しいかと」

宝田さんが手のひらで指示した棚には三十六色のものがならんでいた。その横には別のシリーズの色鉛筆があり、倍以上の色がならんでいる。

「そちらは同じ三菱鉛筆の『ユニカラー』というシリーズです。880よりもハイグレードで百色のラインナップがございます。ちなみに店頭にはセット物しか置いておりませんが『ユニ　ウォーターカラー』という、水を含ませた絵筆でのばしますと水彩画のような柔らかな表現ができるものや、『ユニ アーテレーズカラー』と申しまして、色鉛筆では珍しく、きれいに消し去ることができるものなどもございます」

どれも魅力的で使ってみたくなった。

「素晴らしいですね、あれこれと試したくなります。けど、とりあえず短くなったものの交換を先にお願いします」

私の言葉に宝田さんは恭《うやうや》しく「かしこまりました」と応えると缶製のケースを開いた。蓋の内側の隅には、金色の小さなシールが貼られている。随分と印刷が薄くなっているが、かろうじて『名入加工・銀座 四宝堂』と読むことができた。

「このシールを見る限りですが、四十年から五十年ぐらい前に当店でお買い求めいただいたものでしょうか」

「ええ、私が小学校に入る時に祖父が用意してくれたものなんです。なので四十年以上も前だと思います」

宝田さんは陳列棚の端にケースを置くと、短くなった色鉛筆を手に取った。

「赤と黄色、それに緑と青の四色でよろしいでしょうか？」

「ええ、そうですね。あの、同じように名入れをお願いすることはできますか？」

私の問いに宝田さんは深く頷いた。

「はい、もちろんです。ただ……、名入れは元々セットをお買い上げいただいたお客様へのサービスで始めたものでして、バラでお買い上げの方には手間賃をいただくようにしております。それと、作業に時間が必要となりますので、少しばかり余裕をいただきたいのですが」

宝田さんは申し訳なさそうな顔をした。面倒をかけるのだから料金も待ち時間も堂々と請求すれば良さそうなものだけれど、日本では通用しないのだろうか？　いや、そんなことはなさそうだ。きっと銀座に長らく店を構える老舗《しにせ》の矜持《きょうじ》なのだろう。

「もちろん。日本には半月ほど滞在する予定です。それぐらいあれば大丈夫ですか？」

「はい、名入れ加工そのものは大した時間はかからないのですが、当店は私一人で営業しておりまして……。日中はなかなか落ち着いて作業できないのです。本日の閉店後にすぐ作業をしておきますので、明日以降であれば何時でもお渡しできます」

「今晩、作業されるのですか？」

思わず聞き返してしまった。

「はい、なるべくご注文をいただいたら、すぐに仕上げてしまうようにしております」

「なら、お願いなのですが、名入れの作業を見学させてもらえませんか？　私は手仕事を見るのが好きなのです。どのような道具や機械を使って、どんな手順で進めるのか……。御迷惑でないなら、閉店時間に戻ってきます。いかがですか？」

宝田さんは少しばかり戸惑ったような顔をしたが、しばらく思案した後に頷いた。

「御足労をおかけすることになりますが、デイビス様がよろしければ。ただ、大した作業ではないので、ガッカリされるのではと心配です」

「大丈夫です」

「分かりました。ちなみに、名入れは、こちらと同じように金文字のひらがなでよろしいですか？」

そう応えながら宝田さんは一番減っていない紫を手に取った。

「ええ、『さはら　とみお』でお願いします。私の日本名なのです」

宝田さんが「かしこまりました」と応えるのと重なるようにして、入口の戸が開く音がした。ふり向くと、真っ白なブラウスにボウタイとタイトスカートを身に纏《まと》った美しい女性が店内へ入ってくるところだった。

見とれていると、女性は私たちに近づき「いらっしゃいませ」と頭をさげた。手には籐《とう》製のバスケットを提げている。

「いらっしゃいませ？」

私は困惑した。

「ああ、すみません。近所の喫茶店から珈琲《コーヒー》の出前をとったのです。良子《りょうこ》、こちらデイビスさん。ほら去年見に行った『サーカス』っていうミュージカルがあったでしょう？　あれの舞台セットを作った人だよ」

良子さんはパッと弾《はじ》けるような笑顔を見せて「え！　本当？」と応えた。

「はじめまして、林田《はやしだ》良子と申します」

「トミー・デイビスです。とても美しい方ですね、宝田さんの彼女さんですか？」

「あっ、いえ、その、彼女は幼馴染《おさななじ》みでして……。親戚のようなものです」

宝田さんの〝親戚〟という表現に微妙な関係であることが窺《うかが》えた。

「なるほど……」

私が深く頷くと良子さんは恥ずかしそうに俯《うつむ》いた。

「あっ、そうだ、ちょうど良かった。ねえ良子、少しだけ店番をしてくれない？　ご注文をいただいた色鉛筆に名入れをしたいんだ」

「いいわよ。うちの方は、今日はお客さんが少ないし」

良子さんは快い返事をしてくれた。

「とんでもない、そんな御迷惑をおかけする訳には……。どうぞ無理をなさらないでください、夜にまた来ます」

恐縮する私に良子さんは美しい微笑《ほほえ》みで応えてくれた。

「気にしないでください。私も休憩する口実になります」

宝田さんが同意するように頷くと言葉を引き継いだ。

「では、早速ですがご案内します。作業場は地下にございますので。ああ、それもっていくよ」

宝田さんは良子さんの手からバスケットを受け取り、反対の手で私を誘《いざな》った。

彼の後を付いて行くと、突き当たりに上へと延びる階段があった。その隣に一見すると壁のように見える目立たない引き戸があった。宝田さんが引手に指をかけると、スッと音もなく半間ほど戸が開いた。

そして人感センサーが仕込まれているのだろうか、フットライトが地下へと延びる階段を照らしだしていた。戸は私がくぐると静かに閉じた。緩やかな傾斜が切ってあるのか、それとも錘《おもり》かバネの仕掛けが施してあるのだろう。

地下にたどり着くと宝田さんは明かりを灯《とも》した。作業場だからだろうか、LEDの蛍光ライトが煌々《こうこう》と室内を照らした。そこには印刷機のようなものがいくつも置いてあった。さらにその脇には、作業台、活字を収めたラック、なにやら在庫品が仕舞われた棚などがあった。

「ほぉ……」

思わず溜《た》め息《いき》が漏れた。

「どれも古い印刷機ばかりでして……。製造メーカーはどこも廃業してしまい、修理はもちろんメンテナンスもおぼつきません」

私は隅に置いてあった機械に目を止めた。『手キン』と呼ばれる小型の活版印刷機で、葉書や名刺といった〝端物〟と呼ばれる小さなものを刷るのに使う機械だ。

「手キン、ですよね？」

「ええ、よくご存じで。これを使って、少し前から名刺の自社生産を再開しました」

「英語の印刷もお願いできますか？」

思わず確認してしまった。ビンテージの活版印刷機で刷った名刺なんて、アメリカで注文したら大変な値段になってしまう。

「はい、もちろん。ただロゴや特殊な記号などを刷り込む場合には、お時間と費用が少々かかります。金型《かながた》の注文から始めなければなりませんし、なんと申しましても、新しく活字や金型を作ってくれる所も限られています。なので、注文してからそれなりの日数を待たなければならないのです」

「なるほど……」

宝田さんは私の質問に丁寧に答えながら、壁際に置いた作業台にかけてあったクロスを畳んだ。中からはラミネーターのような機械が出てきた。

「これで名入れをするのですね？」

「はい。実は隣にある新しい機械ですと、一ダース分をまとめて名入れできますし、活字や金型が不要なので、特にご指定がない場合にはそちらを使っています。しかし、デイビス様がお持ちになった品は、こちらの古い機械で入れたもののようですので、合わせた方が良いかと思いまして」

宝田さんは作業台の近くにあった椅子を二つ引き寄せると一つを私に勧め、ご自身も「失礼します」と断りを入れて腰を降ろした。続けて機械の電源を入れると、付属品の箱から活字のようなものを拾い始めた。

「作業中にすみませんが、ちょっと質問をしてもいいですか？」

宝田さんは私をちらっと見やると軽く頷いた。

「はい、もちろんです。慣れていますので、話しかけてくださる方がむしろ作業がはかどります」

「良かった……。では、遠慮なく。鉛筆の軸ですが、なぜ普通のものは六角形なのに色鉛筆は丸なのでしょう？　もちろん、普通の鉛筆でも丸軸はありますけどね、キャラクターがついたような。けど、色鉛筆はどれも丸軸しかないように思うのです」

宝田さんは拾い集めた六つの活字を細長い金具にセットしながら頷いた。

「普通の鉛筆に六角形の軸が多いのは、持ちやすいからと言われています。一般的に字を書くのに適した持ち方は、親指、人差し指、中指の三つで軸を押さえる方法です。つまり三つの面で支えることになりますので、結果として三の倍数の面を持つ軸が握りやすいのです。しかしながら、三角ですと角が六十度と尖《とが》っているので長く持つと指が痛くなってしまいます。九角形、十二角形と面を増やしますと手間がかかり製造コストに問題がでてしまいます。そんな訳で六角形に落ち着いたそうです。対して色鉛筆は絵を描くために用いる兼ね合いで、様々な持ち方をします。このため、どのような持ち方でも指あたりのよい丸軸が採用されたと言われています。もっとも、諸説ございますので、本当のところは分かりません」

「なるほど。人間工学に基づいて設計されている訳ですね」

私の呟きに深く頷くと宝田さんは言葉を続けた。

「それと芯も影響していると言われています」

「芯？　ですか」

「はい。鉛筆の芯は黒鉛と粘土を混ぜて成型したものに焼き入れをします。この焼き入れによって丈夫で折れにくい芯になるのですが、色鉛筆には発色に影響するので粘土を使わず焼き入れもしません。顔料と滑石《かっせき》や糊《のり》、蠟《ろう》などを混ぜて固めただけのものが使われています。このため普通の鉛筆に比べると色鉛筆の芯は折れやすいのです」

「はぁ……」

「なので、普通の鉛筆と色鉛筆とでは芯の太さも違うのです」

宝田さんは売り場から持ってきた新しい色鉛筆の一本と、作業台に置いてあった鉛筆を持つと、断面が分かりやすいように軸を揃《そろ》えて見せてくれた。

「普通の鉛筆は直径二ミリぐらいが一般的です。対して色鉛筆は三ミリから三ミリ半が多いと思います」

ほんの一ミリちょっとの差なのだが、かなり太さが違うことは一目瞭然だった。

「このように折れやすい芯を少しでも保護するために、周囲を均一の厚みでカバーするべく丸軸が選ばれたとも言われています」

「そうなんですね。しかし、芯の太さが違うだなんて気が付かなかった」

思わず感想が漏れた。

「もっとも、最近は技術が進歩し、昔ほど折れることは少なくなったようですので、まあ慣習として色鉛筆は丸軸というのが実際のところかもしれません」

そんなことを話しながら宝田さんは機械の調整を終えると、位置関係の見本にするためだろうか、ペンケースから紫の鉛筆を取り出し、金具と交互に見比べると「うん、よし」と小さく呟いた。

続けて売り場から持ってきた四本の色鉛筆のうち、青を選ぶと機械にセットした。金色のシートの具合を確かめると右手でハンドルのようなものを押し下げた。

「こんな感じでいかがでしょう？」

宝田さんは作業をしたばかりの青と、もともとの紫をまとめて差し出した。紫は軸のあちこちに傷がつき、名入れの金文字も少し褪《あ》せてはいるが、二本とも書体も位置も全く同じように刻まれている。

「……はい、これで結構です」

宝田さんはホッとしたように笑みを零すと、残っていた三本にも作業を施した。

「名入れはこれで終わりですが、すぐに使えるように削りましょうか？」

「ぜひ、お願いします」

宝田さんは頷くと、作業台の引出しから小さな道具を取り出した。透明なアクリルの円筒の両端に削りだしと思《おぼ》しきアルミがセットされている。天面には鉛筆が入るぐらいの穴が開いていて、鈍い輝きを湛《たた》えた鋼《はがね》が設えてあった。

　赤の色鉛筆を差し込んで回すと、シュ――ッと心地よい音と共に、アクリルの筒の中にカーネーションが花開いた。いや、それは鉛筆の削り滓《かす》のはずなのだが、その美しさはオブジェのようだ。

　私の目が釘付《くぎづ》けになっていることに気付いたのだろう、宝田さんは削り終えた赤い色鉛筆を作業台に置くと、その鉛筆削りを差し出した。

「使わせてもらっていいんですか？」

「ぜひ。中島重久堂《なかじまじゅうきゅうどう》という鉛筆削り専門メーカーのものです。自社ブランドはもちろん、国内外の筆記用具会社にＯＥＭ供給しています。お気に召されましたら、当店でも取り扱いをしておりますのでお買い求めいただけます。どうぞ、お試しください」

　差し出されるままに鉛筆を差し込んで回してみる。余程に切れ味の良い刃が仕込まれているらしく、軽く回すだけで鉛筆の先が綺麗《きれい》な円錐《えんすい》へと整えられてゆく。削り滓は千切れることがなく、どこまでも続く螺旋《らせん》階段のようだ。

　手のひらで心地よさを味わっているうちに、全てを削り終えてしまった。

「たくさんを一度に削らなければならないような時はハンドル式や電動式などが便利

ですが、やはり振動が大きいだけに鉛筆に大きな負担がかかります。特に色鉛筆は先ほどご説明しましたように、芯が折れやすいので慎重に扱う必要があります。ですので、このようなハンドシャープナーがよろしいかと」

「確かに素晴らしい。ぜひ、ひとついただきたい」

宝田さんは「では、後ほど。持ち運びに便利なより小型なものもございますので、用途に合わせてお選びいただけます」と応えながら私が削った三本の色鉛筆を受け取った。

「ところで、短くなったものは、いかがいたしましょう。お持ち帰りになりますか、それとも当店でお預かりして、筆供養にお出ししましょうか？」

「筆供養？」

私の問いに宝田さんは静かに頷いた。

「はい。学問の神様であり、書道の神様とも言われる菅原道真公《すがわらのみちざね》を祀《まつ》っている天満宮などで行われています。役割を終えた筆を供養するものなのですが、最近は鉛筆や万年筆まで対象を広げて供養してくれるところもございます」

「なるほど……、いかにも日本らしいですね」

私はケースから短くなった四本の色鉛筆を取り出した。大切に使ってきたけれど、ここまで短くなるとどうしようもない。それでも、ゴミ箱に放り込むのは忍びない。

私は両手で宝田さんに差し出した。

「筆供養にだしてください。よろしくお願いします」

宝田さんは「かしこまりました」と頭をさげ、私のちびた色鉛筆たちを受け取ってくれた。そして作業台の近くの戸棚からティッシュの箱と同じぐらいの大きさの缶を取り出すと、蓋を開け、そっと仕舞った。ちらっと見えた缶の中には短くなった鉛筆や筆、万年筆などが収められ、側面には筆で書いたのだろうか、しっかりとした字で『御預品・筆供養』と記された紙が貼ってあった。

宝田さんは短くなった四本を外したことによって空いた場所に、新しいものを収めた。そして、元からあった一本一本の具合を確かめるようにして取り出すと、色名を記した箇所が正面に来るように向きを揃え、先が丸くなったものがあると鉛筆削りで整えた。その手つきはとても丁寧で、理容師が最後の仕上げをしているような慎重さが感じられた。

「おや？」

不意に宝田さんの手が止まった。

「こちらは……」

私は口元を綻《ほころ》ばせた。

「気が付かれましたか」

宝田さんは、いわゆる茶色を手に取った。続けて薄橙《うすだいだい》、そして最後に水色を。その三本は色名の部分が少しくすんでいて、別の色名が刻んである。

「これは……、うちでこのような加工をしたのでしょうか？」

私はゆっくりと頷くと、ケースの蓋を指差した。

「その蓋の内側も、よく見てください」

「えっ？　本当だ……」

元の文字を鉄色の塗料で消し、その上に他と似せた書体で書き換えてある。加工を施した当初は、少しばかり手を加えてあることが目立ったが、数十年の月日で、よく見なければ分からないほどに馴染んでいた。

宝田さんはしげしげと蓋や色鉛筆を眺め、小さく溜め息を漏らした。

「加工された跡を見る限り、祖父の仕事だと思うのですが……。私もお節介が過ぎると周囲に呆《あき》れられていますが、祖父に比べればまだまだですね。よろしければ、どのような経緯《いきさつ》があったのか、教えていただけませんか？」

その口調は、先ほどまでの店主としての慇懃《いんぎん》さとはちょっと違う感じがした。

「ええ、もちろん。あの、お祖父様《じいさま》は……」

宝田さんは小さく首を振った。

「数年前に鬼籍に入りました」

「そうですか……、もっと早くに来ていれば良かった」

大きな溜め息が零れた。そんな私に宝田さんは「会いに来てくださっただけで、きっと喜んでいると思います」と温かな言葉をかけてくれた。

そして、一階から持ってきたバスケットを開くと、中からコップを取り出し、魔法瓶からアイスコーヒーを注《つ》いだ。

「すっきりとして、それでいて深みがある味なのでブラックがお薦めです。冷蔵庫でよく冷やしたものを届けてもらっているので氷も入れないようにしています」

差し出されたものに、素直にそのまま口をつけた。確かに雑味が一切なく、のど越しが良い。それでいて鼻孔へと抜ける香りははっきりとした主張があった。

「じゃあ、少しばかり昔話をしようかな」

喉が潤った私は足を軽く組んだ。

ニクソンがアメリカ大統領に就任したころ、私は日本で生まれた。父はアメリカ軍の士官で、ベトナム戦争の後方支援に従事していた兼ね合いで来日していた。すでに結婚をしていてアメリカに家庭があったのだが、通訳として一緒に働いていた母と恋仲になり、私が生まれた。

それから数ヶ月後、日本での任務を終えた父は『必ず迎えにくる。それまで待っていてくれ』と言い残してアメリカへと戻って行った。母は乳飲み子の私をつれて一人で暮らす祖父のもとへ身をよせた。

早くに妻を亡くし、男手一つで母を育てた祖父は、アメリカ人との間に生まれた赤子を抱えて戻ってきた娘をどのような気持ちで迎えたのだろうか。多分、葛藤に見舞われたことだろう。随分と後になって知ったことだが、祖父は召集令状によって戦場に送られた。しかも、戦争末期の激戦地から奇跡的に生還した一人で、息づかいが感じられる距離にまで敵に肉薄するような厳しい戦いも経験しているという。

母と私が身をよせたころ、祖父は小さな弁理士事務所を営んでおり、近所の工場などの特許や実用新案の手続きなどをして暮らしていた。辛うじて戦争前に手に入れた小さな家が焼けずに残っていたので住むところには困っていなかったが、決して私たち親子を養えるほどの余裕はなかったに違いない。

私が三歳になると、家で仕事をしている祖父に私を預けて母は勤めにでた。私を押し付けられた形になった祖父だったが、仕方がなかったのだろう、あれこれと面倒を見てくれて、随分と世話になった。

とはいえ、特にべたべたと可愛《かわい》がるといったことはなく、書類の書き損じをくれ「何か絵でも描いてごらん」と鉛筆を渡してくれた。私が何かを描くと「ほう、富雄《とみお》は随分と絵が上手だな」と感心し、しきりに褒めてくれた。祖父が褒めてくれるのが嬉しくて、私は次から次へと絵を描いた。このころから私は絵を描くことが好きになったけれど、それはきっと祖父に褒めてもらえることが嬉しかったのだろう。

『必ず迎えにくる』と告げてアメリカに戻った父だったが、そんな日はなかなかこなかった。気が付けば私は小学校にあがる年齢になっていた。

入学に合わせて、祖父はランドセルや筆箱などを揃えてくれた。用意してくれた中に二十四色セットの色鉛筆があった。それまで、私はずっと、祖父が使わなくなった短い鉛筆で絵を描いていて、色を付けたことはなかった。

『これ、使っていいの？』

私の問いに祖父は深く頷いた。

『ああ、もちろん。富雄のために用意したんだからね。銀座という日本一の街にある老舗の文房具店に頼んで、一本一本に名前を入れてもらった』

差し出された赤い色鉛筆には金色に輝く文字で『さはら　とみお』と刻まれていた。まだ、ちゃんと字は読めなかったけど、自分の名前ぐらいは理解でき、子どもなりにとても高価なものを買ってもらったということは良く分かった。

「それが、これですね？」

私は静かに頷いた。宝田さんは私たちの間に置いたケースから半分ぐらいの長さまで減った緑と、先ほど刻印したばかりの赤を手に取った。

「先代は、このような加工が得意でした。いくつか作業見本を遺《のこ》してくれたのですが、なかなか同じようにはできません。六角形の軸は平面なので比較的簡単なのですが、丸い軸は曲面に刻印しなければなりませんから力加減が難しいのです。力を入れ過ぎれば中心のあたりが潰れてしまい、かといって弱ければ端の方までしっかりと刻むことができません。今日の出来栄えを先代が見たとしたら『まあ、辛うじて合格ってところかな』と言ってくれるかどうかですね」

私の目には二つの刻印に差があるようには見えなかった。

「鉛筆の名入れサービスは五十年ぐらい前に随分と流行《はや》ったようですから、周りのお友だちも似たような物を持っていたのではありませんか？」

私は少し考え込んだ。

「すみません。多分、宝田さんがおっしゃる通りなのだろうと思います。けれど、クラスメイトは勝手にできますが、友だちらしい友だちは一人もいなかったのです」

宝田さんの顔が曇った。

「私の見た目はまるっきり外国人ですから。しかも、今はどうか分かりませんが、五十年前の日本は、まだ昭和でしたから」

幼稚園は、祖父が見つけてきて、少し離れた場所にある教会が運営するところに通っていた。そこにはイギリス人の先生がいて、外国人の子弟も通うなどして、私も比較的奇異な目で見られることは少なかった。もっとも、まだ小さすぎて分かっていなかっただけなのかもしれない。

そろそろ卒園して来年には小学生といったころ、夜遅くに祖父と母が言い争っていることが何度かあった。随分と後になって母から聞いたのだが、祖父は幼稚園と同じように、インターナショナルスクールや国際教育に熱心な私立校に入れることを勧めていたそうだ。

けれど父が迎えに来ることを信じてやまなかった母は、『あの人が迎えに来たら、私たちはすぐにでもアメリカに渡るのよ。いつやめるか分からないのに、そんなに授業料の高い学校にはやれない』と聞き入れなかったという。そんなこともあって、私は地元の公立小学校に入学することになった。

その小学校でつけられた綽名《あだな》は『サンボ』だった。


「サンボ？」

宝田さんの声が裏返った。

「ええ、ご存じありませんか？　昔はどの図書館にも絵本があったのですが……」

私はスマホを取り出し、真っ赤な背景の真ん中に緑色の傘をさし、四頭の虎に囲まれている黒人の男の子が表紙になった絵本の画像を見せた。

「ああ、これですか。確か、差別を助長する表現があると問題になり絶版になった作品ですよね。もっとも、その後、別の出版社から復刊されたそうですが」

スマホの画面を見ながら宝田さんが教えてくれた。

「なるほど……、そうでしたか。グルグルとヤシの木の周りを駆けているうちに虎がバターになってしまうところや、最後に山盛りになったホットケーキを食べているところなどは、面白いなぁと思ったのですが。けど、それは今になったから言えることです。当時は大嫌いでした」

宝田さんは溜め息を零した。

「辛《つら》かったでしょう……」

「もう、随分と昔のことです」

『おい、サンボ。朝飯にホットケーキ食ってきたか？』

近所でも有名ないじめっ子に、私は毎日のようにからかわれていた。特に小学四年になってそいつと同じクラスになってからは酷かった。

『サンボ、そのチリチリの頭はパーマでもかけたのかよ？』

『随分と日に焼けてるじゃん？　サンオイルでも塗ってやろうか』

三人の取り巻きを連れて、私を囲むようにしてぐるぐると回り、悪口を言ったり、ランドセルを蹴飛ばしたり、給食袋を引っ張ったりと、そんな嫌がらせを学校に着くまでずっとしてくる。「もっとグルグルと回って、バターになってしまえ！」と思ったけれど、何も変わらなかった。

そのころから私の体は急に大きくなり、体力測定などでも図抜けた数字を記録した。

多分、喧嘩《けんか》になれば、いじめっ子連中には負けなかったとは思うけれど、私は乱暴なことが嫌いだった。だから、何があっても我慢をして家に帰ってから一人で泣いた。何度か祖父や母に相談しようと思ったけれど、話せば心配すると分かっていたので言い出せなかった。ただ、一人で洟《はな》をすすりながら漫画のキャラクターか何かを描いて気を紛らわせていた。

そんな時、祖父は紅茶やココアを用意し「熱いから気を付けて飲みな」とカップを置くと、それ以上の言葉をかけずに放っておいてくれた。部屋から出て行くまでに、何度か口を開きかけるのだが、結局は黙っていた。

そんな四年生のある日、事件が起きた。それは、校外学習で工場見学に出かけた時のことだった。工場内を見学した私たちは、会議室を借りて『学習シート』の記入をしていた。シートには、見学している自分たちの様子を絵に描く欄が設けられていた。

『おい、サンボ。ちゃんとお前の顔は黒く塗れよ』

絵が得意な私が色鉛筆を使って丁寧に描いていると、いじめっ子が私の席へやってきた。私が無視をして描き続けていると、そいつは私が広げていた色鉛筆のケースから一本を摘《つ》まみ取った。

『お前には、この「はだいろ」ってのはいらねぇよな？』

そう言うなり床に落とすと踏みつけようとした。

『やめろよ』

私はとっさに椅子から降り、鉛筆に手を伸ばしてそいつの足を払った。バランスを崩して倒れると、その拍子におかしな方向に腕をついたのだろうか、いじめっ子は片方の腕を抱えて泣き出した。

その日、みんなが下校しても私は校長室に残され、保護者の到着を待っていた。母は仕事の都合ですぐには戻ってこれないとかで、代わりに祖父が来てくれた。

校長室に入ってくると、祖父はすぐに『大丈夫か？』と声をかけてくれた。私が黙ったまま頷くと、教頭先生が口を開いた。

『相手の子と富雄君は、いろいろと因縁があるようでして……。今日も、相手の子が富雄君の肌の色をからかったり、色鉛筆に難癖をつけたりしたようです。けれど、今日のところは先に手を出したのは富雄君だそうです。事情はさておき、先に手を出して怪我《けが》までさせてしまっては……。相手の住所をお知らせしますので、富雄君を連れてお詫《わ》びに行ってください』

祖父は返事をせずに私の顔をじっと見ました。

『富雄、先生が言ってることは本当なのか？』

私は大きく首を振り、色鉛筆を取り上げられ、踏みつけられそうになったから足を払っただけだと言いました。

『このように言っています。私には孫に非があると思えません。ちょっかいを出されて、それをやめさせようとしただけの孫が、なぜ謝らなければならないのか理解できません』

『しかし……』

教頭先生は困惑した表情で校長や担任の先生と顔を見合わせていた。

『相手の方にお伝えください。うちの富雄が大人しく我慢しているからといって、何をしても許される訳ではないと。文句があるなら、そちらが私のところへ来ればいい、逃げも隠れもしません』

いつも穏やかで口数の少ない祖父が語気を強める姿を初めて見た。

帰り道、祖父はひと言も口を利かなかった。ただ、ずっと私の手を強く握りしめ、小さく口笛を吹いていた。途切れ途切れの擦《かす》れた音で、時々調子が外れるから何の曲かは分からなかった。

その晩、仕事の帰りが遅くなる母に代わって、祖父が夕飯の用意をしてくれた。その日は私の好物のカツだった。何か特別なことがない限り、作るのが面倒なカツが食卓に出ることはなかったのだが、その日は私を慰めようと用意してくれたのだろう。

台所と卓袱台《ちゃぶだい》を何度も往復しながら、祖父は揚げたてのカツを食べさせてくれた。一段落したころ、やっと自分の席に落ち着いて箸を手にした祖父が、摘まんだカツをしげしげと眺めながら零した。

『なあ、きれいに揚がったカツを「キツネ色」って言うだろ？　なんでだろうな』

唐突な質問で、思わず笑ってしまった。

『どうしたの？　そんなこと僕に分かる訳がないじゃん』

『まあ、なぁ……』

祖父はカツをひと口かじると『うん、うまい』と笑った。

『どのキツネもこんな色って訳でもないだろうしなぁ……。あっ？　油揚げの色に似ているからキツネ色なのかな？』

私は『さあね？』と素っ気ない返事をした。代わりに居間に放りだしていたランドセルから色鉛筆を取り出すと、自由帳にカツの絵を描いた。茶色や黄色、それに赤などを強弱を付けながら重ね塗りしていくと、美味《お》《い》しそうなカツに仕上がった。

『本当に上手だな』

いつものように褒めてもらえて嬉しかった。

『色鉛筆に「キツネ色」ってあるのかな……』

私は鉛筆を箸に持ち替えて残っていたカツを食べた。

『どうだろうな……。あのな、色の名前なんて、なんとなく昔から、そう呼んでたってものが大半だと思うぞ。いわゆる慣習ってやつだ。きっと「はだいろ」も同じさ。だから……、だからバカな奴《やつ》にからかわれてもいちいち気にするな』

祖父の言葉に私は思わず言い返した。

『祖父ちゃんは普通だから、そんなことが言えるんだ』

『普通って……、普通って何だろうな。誰が決めるんだろうな。よく分からないことを曖昧にしておくための言葉じゃないかと祖父ちゃんは思うんだけどな』

難しいことを言ってはぐらかそうとしているように思えて、なんだか腹が立った。

『僕の身にもなってよ……。こんなことなら、生まれてこなければ良かった』

祖父は手にしていた箸を置くと姿勢を正し、じっと僕を見すえた。

『難しいことを言ってしまったかもしれない。富雄が辛い思いをしていることをちゃんと分かってやれていないのかもしれない。だから、そのことに腹を立てるのは構わない。気に入らなかったのなら祖父ちゃんが謝る、悪かった。けれど、生まれてこなければ良かったなどと言ってはいけない。お前のためにも、その言葉は取り消しなさい』

とても固い声だった。私は何も言い返せずにポロポロと涙を零した。ふと顔をあげると祖父の頬も濡《ぬ》れていた。

『生きていれば、辛いことがあるかもしれない。けれど、どんなに辛くても、生まれてこなければ良かったなどと口にしてはいけない。生きたくても生きることができなかった人たちが大勢いる。それを忘れてはいけない』

静かな声だったけれど、心に深く刺さる言葉だった。

『ごめんなさい……』

『分かれば、それでいい』

そのまま少しばかり二人で黙っていた。あの時、祖父は何を思っていたのだろう。

しばらくすると、祖父は畳の上に広げたケースから色鉛筆を手に取った。

『祖父ちゃんが買ってやったものだけれど……。こうやって見てみると、色の名前は変なものが多いな』

祖父の言葉に私は涙を手の甲で拭うと頷いた。

『うん、僕もそう思ってた。なんで「みずいろ」なんだろうね？　水は透明なのに』

『そうだなぁ。「ちゃいろ」もおかしいな。お茶は黄色いからな。お茶の葉は緑だし』

『「むぎちゃいろ」なら分かるけどね』

『確かに……』

祖父は色鉛筆を一本ずつしげしげと見て首を振った。

『まあ、どの色の名前も、昔の人が「この色はこう呼ぼう」って使い始めたものが、そのまま残ってるだけなんだと思うけどな』

『そう、かなぁ……』

訝《いぶか》し気な顔をしていると、祖父は『よし、明日は一緒に出掛けよう』と言い出した。

『えっ？　でも、明日は学校があるけど……』

驚く私に祖父は大きく首を振った。

『あんな腹立たしい学校に糞真面目《くそまじめ》に行ってやるバカがいるか。休め休め』

祖父の口から糞真面目なんて言葉がでたのには驚いた。

『いいの？　母さんに叱られない？』

『大丈夫、祖父ちゃんが説得する。任せなさい！』

大袈裟《おおげさ》に胸をドンと叩《たた》くと、祖父は残っていたカツを凄《すご》い勢いで食べ始めた。

「素敵な方ですね、お祖父様は」

宝田さんが柔和な笑みを浮かべた。その笑顔は、数十年前に私が見たものと、とてもよく似ていた。

次の日、私は祖父と一緒に家を出た。出がけに祖父は『今日は富雄を休ませる。学校にはお前から伝えておいてくれ』と半ば一方的に母に言うと『色鉛筆は持ったか？』と私に念を押した。

何本もの列車を乗り換え、昼前に大きな駅で降りた。

『ここはどこ？』

私の問いに祖父はゆっくりと答えた。

『銀座だよ』

それから祖父とあちこちを見て歩いたはずなのだが、あまり細かなことは覚えていない。ただ、小さなショーケースの中にZゲージの精巧なジオラマがあって、蒸気機関車の模型が走っていたことと、お昼にナポリタンとクリームソーダを食べさせてもらったことだけはハッキリと覚えている。

お昼をすませると『さて、そろそろ良い時間かな』と祖父は独り言を零した。

『何がそろそろなの？』

『うん？　まあ、行けば分かるよ』

祖父は小さく笑うと先に立って歩き出した。

大通りから路地へ入り、何度か角を曲がると、真っ赤なポストが目に入った。そのころでも円筒形のポストは珍しく、私は近寄ると頭のあたりをポンポンと叩いた。

『こっちだよ』

祖父の声にふり返ると、ガラス戸に手をかけていた。


「前にもいらしたことがあったのですね」

宝田さんは驚いたように目を見開いた。

「ええ。けれど後にも先にも一回きりでしたから場所を覚えてはいませんでした」

「そうなのですね……」

宝田さんは感慨深げに言葉を零した。

「あなたが丁寧に挨拶してくれるのを見て、ほんの一瞬ですがタイムスリップをしたのかと思いました。多分、今のあなたよりも少し上といった年格好だったと思うのですが、佇《たたず》まいと言いますか物腰と言いますか、本当にそっくりです。その御店主に、本当に良くしてもらったのです」

「そうでしたか……」

店内に入ると祖父は慣れた様子で『やあ』と店主に声をかけた。

『いらっしゃいませ、佐原《さはら》様。今日はお連れ様とご一緒ですか？』

『ああ、うん、そうなんだ。これは私の孫で富雄と言うんだ。富雄、御挨拶をなさい。ここの店主で宝田硯水《けんすい》さんだ』

『……こんにちは』

元来、人見知りな私はやっとの思いで挨拶した。

『こんにちは。四宝堂文房具店の店主をしております、宝田硯水と申します。ぜひ、お祖父様と同じく、ご贔屓《ひいき》に』と丁寧な挨拶をしてくれた。これまで、私のような子どもに、そんな丁寧な挨拶をする大人を見たことがなかったので、とても驚いた。

『ところで佐原様、今日はお孫様をお連れになって銀ブラですか？　しかし、今日は平日ですし、学校はよろしいのでしょうか？』

余程、祖父と古い付き合いなのか、店主は率直に尋ねた。祖父は、私に色鉛筆を出させ、それを見せながら昨日の経緯を話し始めた。

『ということで、この子が言う通りだと私も思ったんだ。でな、これは四宝堂で買い求めた品でもあるし、ついては色鉛筆の会社に改めるように伝えてもらいたいんだ』

そんなことを文房具店の人に言っても仕方がないのにと、小学生の私でも思うのだ、きっと店主も困惑したことだろう。けれど、店主はそんな様子は微塵《みじん》も見せず深々と頷いた。

『なるほど……、佐原様と富雄君のおっしゃることは一理ありますね。分かりました、私からお伝えするようにいたします。……しかし、色の名前は業界慣習のようなものもありまして、すぐに変えることは難しいかもしれません』

祖父は深く頷くと『まあ、そうだろうな……』と応えた。

『いいんだ、駄目で元々と思って伝えにきた。もちろん、手紙を書いて直接製造元に送りつけるとか、顧客対応窓口に電話するといった方法もあるとは思ったんだ。けれど、私のような一市民の嘆きよりも、大口販売元である四宝堂から意見をしてもらう方が効果的ではないかと思ったのだ』

『大口と胸を張れるほどの量を販売しているかは定かではありませんが……。少なくとも鉛筆メーカーが創業したころからの付き合いであることは間違いありません。ですので、まずは当店を担当している営業を介して申し入れをいたします』

『うむ、頼んだ』

少し仰々しいとは思ったけれど、祖父がわざわざ銀座にまで出てきて、文房具店にお願いをしてくれたことが、子ども心に嬉しかった。

店主は何かにメモをしていたが、ふと手を止めて考え込んだ。

『とりあえず、申し入れはするにしても、先ほども申しましたように、すぐに変えることは難しいと思います。しかし、富雄君が言うことは、やはりその通りだと思います。この色鉛筆は当店で販売をし、私の手で名入れしたものです。そのような御縁がありながら、指を咥《くわ》えて待っているのも癪《しゃく》に障ります』

『うむ、まあ、そうなんだが……。さりとて、どうすることもできまい』

店主は小さく首を振った。

『まあ、お任せください。少しばかり私に考えがございます。少々お待ちください』

そう言うなり店主は奥へと駆けていき、すぐに小さな瓶のようなものがいくつも入った籠《かご》を抱えて戻ってきた。

『お待たせしました。これで、元々描いてあった色の名前を消してしまい、富雄君がしっくりくる新しい名前に変えてみてはいかがでしょう？　当店にございます名入れの機械を使えば、なんとでも好きな言葉を入れることができますので』

『なるほど、考えてもみなかった』

祖父はそう応えると私の顔を見やった。

『「はだいろ」「ちゃいろ」「みずいろ」の三つが変だって話だったかな』

『うん』

私がそう返すと、店主は深く頷いてケースの中から三本の色鉛筆を取り出した。

『では、まずはこちらから』

そう断りを入れると「はだいろ」を選び、紙やすりのようなもので、もともと書いてあった色名を削りとった。続けて、プラモデルの塗料のような小瓶の蓋を外し、細い筆で削った箇所に色を塗り直した。

『さあ、これで、もともと書いてあった「はだいろ」という文字が消えました。速乾性の塗料ですので他の二本に同じような作業を施す間に乾きます。待っている間に、「はだいろ」に代わる色の名前をお考えください』

そう促すと、私にメモ用紙と鉛筆を差し出した。

私と祖父は顔を見合わせた。

『……何色と呼べばいいんだろう？』

祖父は少し困った顔をした。

『そうだなぁ。「はだいろ」が変であることは間違いないのだが、さりとて代わりに何色と呼べば良いか……。何とも難しいな』

祖父は腕組みをして首を傾《かし》げた。その横で「みずいろ」と「ちゃいろ」の表示を消す作業を続けていた店主が助け舟を出した。

『「はだいろ」は英語ですと「ペールオレンジ」や「ライトオレンジ」と呼ぶことが多いようです』

『なるほどな。しかし、この色だけ英語っていうのもな……。富雄、お前がこの色を使って描くものってなんだ？』

不意にふられて少し困った。

『うーん……、そうだなぁ。タラコかな』

『そんなものを描くのか？　変わった奴だな』

余程に意外だったようで祖父の声が少し高かった。けれど、好きな食べ物を、そのころはしょっちゅう描いていた。

『じゃあ、「たらこいろ」か？　ちょっと語感が悪いな』

『「やきたらこ」はどう？』

私はメモに書いてみた。

『なるほど、いいじゃないか』

祖父は深く頷くと、私の顔をみて大きな笑みを浮かべた。

その様子に『では、新しい色の名前を刻みます』と断りをいれて店主は活字を拾い始めた。

「そのころは、売り場の隅にこれが置いてあったと思います」

私は目の前の機械にそっと手を触れた。その時はもっと大きくてゴツゴツしているように見えたけれど、改めて見てみると意外に小さい。

「祖父はなんでも目の届くところにないと心配になる性質《たち》だったようで……。けれど、カバーが付いているとはいえ熱を発したり強い力を加えられるものですから、万が一にも小さなお子様が触るようなことがあってはと思いまして、地下に下ろしました」

「なるほど……。とにかく、この名前を入れる機械を使って、新しい色の名前を先代は刻んでくれました」

私が差し出した「やきたらこ」の色鉛筆を宝田さんは愛《いと》おしそうに撫でた。

「その後、『はだいろ』という表現を取りやめる動きがおきまして、『うすだいだい』もしくは『ペールオレンジ』と表記するようになりました」

「きっと先代が色鉛筆の会社に働きかけてくれたお陰ですね」

私の返事に宝田さんは首を振った。

「残念ですが二〇〇〇年ごろの話ですから、直接的には関係ないかと……。もっとも、先代は律儀な人でしたから、何らかの形で鉛筆メーカーには伝えたと思います。しかし、あまりに遅すぎます。もっと早くに、このような配慮が浸透していればと」

今度は私が首を振る番だ。

「そんなことはないと思います。どんなことにも遅すぎるなんてことはありません。気が付いた時からで良いのです」

小さく頷くと宝田さんは言葉を返した。

「なんだか、普段、私がお客様に申しているセリフをデイビス様に持って行かれたような気がします」

「そりゃあ、私の方が歳《とし》をとってる訳ですから。少しぐらいは格好をつけさせてもらわないと困ります」

宝田さんは小さく首を振りながら苦笑を漏らした。

『さて、ひとつ片付いた。で、次に「ちゃいろ」はどうする？　昨日は「むぎちゃいろ」と富雄は呼んでいたが』

私は「ちゃいろ」を手に取った。

『うん、やっぱり、これは麦茶の色に似てると思うんだけど』

『なら、いいんじゃないか。なんと言っても富雄が使う色鉛筆なんだ。富雄が呼びたい名前にしよう』

祖父はメモに「むぎちゃいろ」と書き足した。

『ねえ、さっきは〝いろ〟をつけずに「やきたらこ」ってしたんだから、これも「むぎちゃ」でいいんじゃない？』

私は祖父が書いた「むぎちゃいろ」の「いろ」の部分をバッで消した。

『なるほど、まあ、いいんじゃないか』

祖父が深く小さく頷いた。

『濁点に小さい〝や〟ですか……。えーっと。ああ、大丈夫ですよ。残りの「みずいろ」をお考えください』

店主は新しい活字を拾いながら私たちに促した。

『「みずいろ」か……。これは薄い青で「うすあお」なんかどうだ？』

『青を薄くしても、水色にはならないよ。青と白の真ん中ぐらいの色だと思うから』

私の主張に『確かになぁ……』と顎に手をやって祖父は考え込んだ。私は自分が言った「青と白の真ん中」という言葉に引っかかっていた。考え込んでいくと、なぜだか青い空が頭に浮かんだ。

『あの……、「そらいろ」は？　天気の良い日の空の色に似ていると思うんだ』

私の呟きに祖父が『ほぉ』と顔を綻ばせた。しかし、すぐに考え直すように小さく首を振った。

『確かに富雄の言う通り、よく晴れた空の色に似ているな、「みずいろ」は。しかし、天気の良い日もあれば悪い日もあって、空の色は一様ではないぞ。それこそ人の肌の色と一緒で。決めつけられたら空も迷惑かもしれん』

私と祖父は睨《にら》めっこでもするように「みずいろ」の鉛筆を見つめた。その様子を見かねたのか、店主が助け舟を出した。

『これなどは、いかがでしょう？』

鉛筆を手に取ると、店主はメモに「にほんばれ」と書いた。

『ほぉ……』

『へぇ、にほんばれ、にほんばれ、にほんばれ……。いい！　いいね、これ』

私は思わず声が大きくなった。

『よし！　そうしよう。なんか目出度《めでた》いな』

祖父が嬉しそうに頷いた。

『では、そのように』

何時の間に活字を拾ったのか、店主はあっと言う間に作業をすませた。

こうして三本の色鉛筆には「やきたらこ」「むぎちゃ」「にほんばれ」という新しい名前がつけられた。

私と祖父が新しい色名が刻印された鉛筆をしげしげと見ている横で、店主はケースの蓋にも細工を始めた。

鉄色の塗料で元々の表記を消すと、その上に細い筆で色名を書き直した。元々の書体に上手に似せてあって、よく見なければ書き直したとは分からないほどの出来栄えだった。

一通りの作業が終わり、時計を見ると三時に近くなっていた。一時過ぎには四宝堂の扉をくぐったはずだから、二時間近くも店主の手を煩わせたことになる。その間、不思議と客は一人も来ず、誰からも邪魔をされなかった。

『随分と手間をかけた、ありがとう。気持ちばかりだが受け取ってくれ』

祖父はポチ袋を店主に差し出した。そこには「松の葉」と書いてあった。

『このようなことをなされては困ります』

『四宝堂で買い求めたポチ袋だから見栄えは立派だが、心配せんでもお茶代ぐらいしか入ってない。遠慮をせずに受け取ってくれ』

祖父の言葉に店主は恐縮しながらポチ袋を受け取った。

外まで見送りに出てくれた店主は、私たちが通りの角を曲がるまでポストの横に立って手を振ってくれた。

『ねえ、また連れてきてよ』

『うん？　銀座にか？　さてはクリームソーダを気に入ったんだな』

『ちがうよ、さっきのおじさんの店にだよ』

『へぇ、そりゃあいいけど、なんでだ？』

『だって、画用紙とか絵具とか、たくさんあったよ。大人が使うような高そうなペンとかもあったし。今度はゆっくりと、その辺を見たいんだ』

祖父は嬉しそうに大きな笑みを浮かべた。

『よし、約束だ。また二人で来よう』

『うん』

けれど、その約束は叶わなかった。

「その年の暮れに祖父は急逝しました。まだ六十をいくつか過ぎたばかりで、平均寿命が今ほど長くはなかったとはいえ、やはり早かったと思います。しかし、禍福は糾《あざな》える縄の如《ごと》しと言うように、同じころアメリカから父が迎えに来てくれました」

「それからは、ずっとアメリカで暮らされたのですね」

私は頷いた。

「ほとんどの物を処分し、母は小さなスーツケース一つ、私はリュックサック一つだけを携えて渡米しました。何もかも捨てましたが、この色鉛筆だけは手放せませんでした」

宝田さんはケースの色鉛筆を揃えると、蓋の内側に貼られたシールをそっと撫でた。

「自己主張が強すぎるような気がして、この『名入加工・銀座 四宝堂』というシールを貼るのを随分と前に止《や》めたのですが……。デイビスさんのお話をお伺いして、再開しようかと思い直しました」

「ぜひ、復活させてください」

一階に戻ると、良子さんはレジ横の椅子に座って眠ってしまっていた。余程に暇だったのだろうか。

「あーあ、不用心だな……」

そう零す宝田さんに、私は率直に尋ねてみた。

「こんなにもお客さんが少なくて大丈夫ですか？」

宝田さんは小さく溜め息をついた。

「まあ、辛うじて。私ひとりでやってますので、なんとか。それに銀座界隈《かいわい》には古い付き合いの会社やお店が何軒かありまして。そちらへの配達などもありますから」

「へえ」

私たちの話し声で目が覚めたのか、良子さんが体を起こし伸びをした。

「もう……、呑気《のんき》なことを言ってないで、商売繁盛を目指してちょうだいよ」

宝田さんと顔を見合わせた。

「では、少しばかり売上に貢献しましょうかね」

私は色鉛筆売り場で『ユニカラー』や『ユニ ウォーターカラー』それに『ユニ アーテレーズカラー』をそれぞれ五セット手にとった。慌てて宝田さんが買い物籠を手に駆け寄ってきた。

「そんなに気をお遣いいただかなくても大丈夫ですよ」

私は首を振った。

「いいえ、欲しいのです。家族や友人、それにスタジオの同僚らへのお土産にね。それと、例の鉛筆削りもお願いします」

「なら、こちらもいかがですか？　筆ペンなんですけど、カラーバリエーションが凄いんですよ」

良子さんが売り場の奥へと私を誘った。

「ああ、僕が説明するよ。えーっと、こちらは呉竹《くれたけ》というメーカーのZIG クリーンカラー FBという商品です。毛の部分は軟らかめで色塗りに適しています。カラーバリエーションは十二色。それぞれに四段階の濃淡がございまして、全四十八色です。ブレンダーや水筆ペンを使って、ぼかしや混色なども自在です。他にも、こちらにございますZIG メモリーシステム ウインク オブ ルナ ブラッシュなどは濃い色の紙の上でもクッキリと発色します」

「どれもいいですね」

次々と買い物籠に放り込んでいたら、あっと言う間に一杯になった。

＊＊＊＊

しとしとと雨が続いている。秋の長雨はアーケードのない銀座にとって、天敵に近しい。ガラス戸の外に出て、雨の様子を眺めていた文房具店『四宝堂』の店主である宝田硯は小さく溜め息をつくと、首を振って店内へと戻ろうとした。

その時、真っ赤な傘を差した女性が足早に近づいてくるのが目に入った。トレンチコートを身に纏い、ワインレッドのベレー帽を被《かぶ》った女性は紙袋を提げていた。反対の手にはスマホがあり、地図アプリと周囲の様子を照らし合わせているのか、しきりに辺りを見渡している。

ふと気が付いたといった様子で円筒形の古いポストに近づくと、回れ右をするようにして四宝堂に向き直った。

硯が小さく会釈をすると、女性は駆け足で石段に上がった。

「あの、こちらが四宝堂さんですか？　文房具店の」

不意に距離を縮められ、硯の腰が引きかけた。

「えっ、ええ、はい。当店が四宝堂でございます」

「あー、良かった。あの、お届け物です」

女性は紙袋を差し出した。

「あの、立ち話も何ですから、とりあえずお入りになりませんか？」

女性は少しばかり迷った様子だったが、自分に言い聞かせるように首を振った。

「そうしたいのはやまやまですが……、すぐに戻らないとダメなので」

硯は差し出された紙袋を受け取った。袋の中身は緩衝材で厳重に梱包《こんぽう》されており、何が収められているのかは分からなかった。

訝し気な表情の硯に女性は「絵だと思います」と言い添えると、ポケットから一通の封書をとりだした。

「こちらを一緒にお渡しするようにとのことでした」

表書きには『宝田様』とあり、差出人欄には『トミー・デイビス』とあった。

「あの……、これは？」

「私、トミーさんが日本で仕事をするときの通訳なんです。次の仕事の兼ね合いで、アメリカから色々と荷物が届きまして。その中にこれが一緒に入っていたのです」

「なるほど……」

頷く硯に女性は「では」と断り去って行った。

その後ろ姿に一礼すると、硯は店内へと戻った。すぐに会計カウンターの引出しからカッターナイフを取り出すと、封筒の蓋と紙袋の梱包材を切り開いた。

紙袋の中身は額装された絵で、モチーフは柳並木と真っ赤な円筒形のポスト、それに四宝堂だった。

「うわぁ……」

思わず言葉が零れた。

続けて封筒の中身を取り出すと、便箋《びんせん》が入っていた。

【前略　その節は大変お世話になりました。思い出の「四宝堂」でゆっくりすることができ、私にとりまして何ものにも代えがたいひと時となりました。本当にありがとうございました。

宝田さんは私が色々と面倒なことをお願いしたにもかかわらず丁寧な応対をしてくれました。先代と二代続けてお世話になった訳で、どんなに感謝をしても、感謝し尽くすことはできません。

つきましては何か御礼の品をと思い、例の色鉛筆を使って「四宝堂」の絵を描いてみました。お気に召すかは分かりませんが、ぜひ受け取ってください。

なお、元々の来日目的でした新作舞台の打合せは滞りなく終了し、現在は主要なセットの組み立てまで進んでいます。来年のゴールデンウィークに初演を迎える予定です。よろしければ良子さんと一緒に観覧いただけると幸いです。その際は私も日本を訪れる予定ですので、また四宝堂に立ち寄りたいと思います。

草々】

硯は、目を通した便箋を封筒に戻すと両手で拝むように天に捧《ささ》げた。

「ありがとうございます」

東京は銀座の片隅にある文房具店『四宝堂』。しとしとと雨が降り続いているが、穏やかで温かな空気に包まれていた。

※本作品はフィクションであり、
登場する人物・団体・事件等はすべて架空のものです。

監修協力・福島槙子（文具プランナー）

銀座「四宝堂」文房具店

上田健次

ISBN978-4-09-407192-4

銀座のとある路地の先、円筒形のポストのすぐそばに佇む文房具店・四宝堂。創業は天保五年、地下には古い活版印刷機まであるという知る人ぞ知る名店だ。店を一人で切り盛りするのは、どこかミステリアスな青年・宝田硯《けん》。硯のもとには今日も様々な悩みを抱えたお客が訪れる——。両親に代わり育ててくれた祖母へ感謝の気持ちを伝えられずにいる青年に、どうしても今日のうちに退職願を書かなければならないという女性など。困りごとを抱えた人々の心が、思い出の文房具と店主の言葉でじんわり解きほぐされていく。いつまでも涙が止まらない、心あたたまる物語。

小学館文庫
好評既刊

新入社員、社長になる

秦本幸弥

ISBN978-4-09-406882-5

未だに昭和を引きずる押切製菓のオーナー社長が、なぜか新入社員である都築を社長に抜擢。総務課長の島田はその教育係になってしまった。都築は島田にばかり無茶な仕事を押しつけ、島田は働く気力を失ってしまう。そんな中、ライバル企業が押切製菓の模倣品を発表。会社の売上は激減し、ついには倒産の二文字が。しかし社長の都築はこの大ピンチを驚くべき手段で切り抜け、さらにライバル企業を打倒するべく島田に新たなミッションを与え——。ゴタゴタの人間関係、会社への不信感、全部まとめてスカッと解決！　全サラリーマンに希望を与えるお仕事応援物語！

小学館文庫
好評既刊

私たちは25歳で死んでしまう
砂川雨路

ISBN978-4-09-407176-4

未知の細菌がもたらした毒素が猛威をふるい続け数百年。世界の人口は激減し、人類の平均寿命は二十五歳にまで低下した。人口減を食い止め都市機能を維持するため、就労と結婚の自由は政府により大きく制限されるようになった。そうして国民は政府が決めた相手と結婚し、一人でも多く子供を作ることを求められるようになり――。結婚が強制される社会で離婚した夫婦のその後を描く「別れても嫌な人」。子供を産むことが全ての世の中で〝子供を作らない〟選択をした夫婦の葛藤を描く「カナンの初恋」など、異常が日常となった世界を懸命に生きる六人の女性たちの物語。

―――本書のプロフィール―――

本書は、小学館文庫のために書き下ろされた作品です。

小学館文庫

銀座《ぎんざ》「四宝堂《しほうどう》」文房具店《ぶんぼうぐてん》Ⅱ

著者　上田健次《うえだけんじ》

二〇二三年九月十一日　初版第一刷発行
二〇二四年十一月二十五日　第十刷発行

発行人　庄野　樹
発行所　株式会社　小学館
〒一〇一-八〇〇一
東京都千代田区一ツ橋二-三-一
電話　編集〇三-三二三〇-五二三七
販売〇三-五二八一-三五五五
印刷所――TOPPAN株式会社

ISBN978-4-09-407292-1